Herr Jonas erwartet Besuch

Dieses Buch widme ich meinen lieben Enkelkindern Luis, Dennis, Laurine und Jan. Möge der neue Zeitgeist, den sie nun beleben, in Zukunft nicht zu einem Schreckgespenst werden.

Rainer Mauelshagen

Herr Jonas erwartet Besuch

Die Deutsche Nationalbibliothek verzeichnet diese Publikation in der Deutschen Nationalbibliografie; detaillierte bibliografische Daten sind im Internet über http://dnb.dnb.de abrufbar.

Dieses Buch ist auch als E-Book erhältlich.

© Oktober 2017 Rainer Mauelshagen
ISBN: 9783746000121
Coverillustration: Bernd Zeller | www.bernd-zeller-cartoons.de
Cover: Matthias Gerschwitz | www.gerschwitz.com
Satz und Layout: Heinz W. Pahlke | www.pahlke-online.de
Gesetzt aus der Jenny.
Herstellung und Verlag: BoD - Books on Demand, Norderstedt

Vorwort

Woran denke ich, wenn ich den prächtigen Namen höre?

Zunächst an den experimentellen Spielfilm »Jonas«, der 1957 die deutschen Kinobesucher verstört hat. Und an die Reality-Komödie gleichen Namens mit Christian Ulmen aus dem Jahr 2012. Dann an meinen liebsten Klassenkameraden, der eigentlich Johannes hieß, und prima Fußball spielen konnte, und den wir aus Begeisterung immer Jonas gerufen haben. Und natürlich an den Propheten im Alten Testament, der von einem Walfisch verschlungen wurde.

Denn auch dieser Jonas, der Titelheld des vorliegenden Buches, lebt im übertragenen Sinne im Bauch eines Walfischs, in einer dunklen Höhle der Selbstversunkenheit … nein, Stop!, dunkel ist die Höhle nicht. Sie ist vollgestopft mit der Helligkeit der Erkenntnis. Aber nicht nur mit dem Sonnenlicht, das durch die Fenster seiner Mansardenwohnung hereinfällt, sondern auch mit dem Licht vieler Erinnerungen, die der pensionierte Beamte Friedbert Jonas, der mit Schlaflosigkeit kämpft und immer noch für Recht und Ordnung kämpfen zu müssen meint, Tag für Tag sorgfältig aufeinander schichtet. Und der dabei an Gott und Welt denkt, buchstäblich gemeint.

Zudem: Der alte Herr Jonas ist ein guter Koch. Ja, sieh da! Gerade steht er am Ofen und bereitet ein üppiges Festmahl zu. Denn obwohl er einsam lebt – Frau und Kinder sind schon lange tot, und Krieg und Gefangenschaft hängen ihm noch immer in den Knochen –, erwartet er heute Besuch. Wichtigen Besuch. Überraschungsbesuch. Und da lässt er sich nicht lumpen. Erst schickt er alle weg, die ihm jetzt, da er den Gast erwartet, im Weg stehen: die aufdringliche Nachbarin, Frau Woyzeck, und sogar den Kanarienvogel Peterle, dem er die Freiheit schenkt. Dann widmet er sich dem Essen. Fertig! Wohliger Duft durchzieht die Wohnung. Auf wen wartet Herr Jonas im lichten Bauch des Walfischs? Auf einen unerwartet aus der Versenkung des Lebens aufgetauchten Freund? Auf eine heimliche Geliebte? Oder auf das letzte Abenteuer seines Lebens?

Norbert Heinrich Holl

Das Buch

Was ist Zeit? Zeit ist ein im Grunde unbedeutendes Vakuum, ein unsichtbares Nichts, das wir Menschen in dem Maße mit Leben füllen, wodurch die Anzahl der gemessenen Augenblicke zum Schicksal dessen wird, was wir hinlänglich als Gegenwart und Vergangenheit bezeichnen. Aber in Anbetracht unseres Intellekts, unseres geistigen Fortschrittsdenkens gezollt, ist selbst die Zukunft, wenn auch vage und verständlicherweise nur einem ideellen Wunschbild unterlegen, bereits mit zeitlich messbaren Visionen angereichert. Und immer da, wo sich die vom Menschen entworfene reale Zeit – die gelebte Zeit also – mit jenen zukünftigen imaginären Momenten ablöst, da sind die Grenzen des Zeitgeistes gezogen. Unzählige Generationen haben diese Abfolge erlebt und werden sie noch erleben. Und dabei wird es für den Einzelnen nie ein heimliches Hinübergleiten von diesem in jenen Zeitgeist geben, weil es einen strengen Grenzwächter gibt: das Alter!

Herr Jonas, ein hochbetagter Herr, muss an einem besonders herrlichen Sommertag feststellen, dass er zwar auf eine lange Vergangenheit zurückblicken kann, dass es für ihn aber keinen klaren Blick mehr in die Zukunft geben wird. Er ist im tiefsten Wesen seines Innersten auch nicht mehr neugierig darauf, denn schon die Gegenwart ist ihm völlig fremd geworden. Nichts, aber auch rein gar nichts hat mehr mit seinem gewohnten, ihm vertrauten Alltag zu tun, was ihn zum Zeitpunkt seiner Erkenntnis den Zorn, die Verzweiflung, aber auch die Resignation spüren lässt. Gleichfalls erschreckend ist für ihn die Tatsache, dass ihm zum Schluss, am Ende des Tages, nichts von seinen einstigen Träumen bleiben wird, außer der Hoffnungslosigkeit. Die hat ihm Hedwig, seine Frau, bereits vor Jahren in der Stunde ihres schrecklichen Todes als eine Art Vermächtnis hinterlassen. Seitdem lebt Herr Jonas mit seinem Wellensittich Peterle zurückgezogen hoch unterm Dach in einer schäbigen Mansardenwohnung und wäre er in der Vergangenheit nicht so ein Pedant und Querulant gewesen, keiner hätte in seiner Umgebung gewusst, dass es einen Friedbert Jonas gibt. Wo soll das noch hinführen?

Das alles muss ein für alle Mal ein Ende haben! Schließlich hat er eine wohlbedachte Entscheidung getroffen. Es gibt da jemanden, dem er bei einem opulenten Mahl und erlesenen Getränken all seine Nöte aufbürden will. Die Bereinigung all seiner Sorgen und die der unerträglichen Lebensumstände erwartet er an jenem verhängnisvollen Tag vom Erscheinen seines ihm noch unbekannten Besuchers.

»Man kann es nicht mehr leugnen, Land auf, Land ab sind unruhige Zeiten angebrochen! Auf wen oder was soll man noch vertrauen? Desgleichen beklemmt mich auf erschreckende Weise der Gedanke, dieser neuen, dem Menschen und seinen natürlichen Bedürfnissen nicht mehr gerecht werdenden Welt eines Tages hilflos gegenüberzustehen, da alle wohlgemeinten Mahnungen in den Wind geschrieben sind!«

Zitat: Friedbert Jonas

»In der Gegenwart ist jede Stunde wie ein Stein, mit dem wir unsere Vergangenheit erbauen. Darum lasst uns Paläste errichten, dass auch die, die uns nachkommen werden, Zuflucht in Frieden und Freiheit darin finden mögen.«

R. M.

I

Eigentlich versprach es, ein außerordentlich schöner Tag zu werden. Die Sonne zeigte sich schon früh am Morgen in dieser angenehmen Frische, wie man sie nur empfindet, wenn auch das innere Barometer auf *heiter* eingestimmt ist. In dem schäbigen Viertel, von dem hier die Rede sein wird, regte sich längst emsiges Leben.

Kinder rannten johlend mit ihren Tornistern auf dem Rücken zum bereits wartenden Schulbus. Ein Auto hupte warnend, weil eines der ungestüm rennenden Blagen vom Gehweg auf die Straße gestoßen wurde. Gehetzte Passanten eilten grußlos aneinander vorbei. Ganz in der Nähe knallte jemand fluchend eine Haustüre ins Schloss. Irgendwoher ertönte jaulend ein Martinshorn, und die Luft brummte eintönig vom Motorenlärm.

In einer kleinen Mansardenwohnung, hoch oben im vierten Stockwerk einer grauen Mietshäuserreihe, wurden knarrend die Läden geöffnet. Hier hauste seit fast ewigen Zeiten der alte Herr Jonas. Dieser streckte auch an diesem Morgen gewohnheitsgemäß seinen schmalen Kopf mit der markanten Hakennase aus der Fensteröffnung. Wie ein nach Beute spähender Raubvogel sah er dabei aus. Ein schriller Sonnenstrahl, in dem Staubpartikel umherwirbelten, flutete in den schummrigen Raum hinter ihm. Müde rieb er sich die Augen, um besser sehen zu können, ob unter ihm alles mit rechten Dingen zuging.

Nachdem er augenscheinlich keine Besonderheit ausmachte, entfernte er sich schlurfenden Schrittes. Das Fenster ließ er offen, damit die abgestandene Luft der Nacht hinauswehen konnte. Das war sicherlich angebracht, denn auf der Couch in der eng begrenzten Wohnküche, unter der zudem ein benutzter Nachttopf hervorlugte, lag noch sein zerwühltes Bettzeug. Und neben der Spüle stapelte sich das schmutzige Geschirr vom Vortag. Seit seine Frau vor Jahren auf so tragische Weise ums Leben gekommen war, vermied Herr Jonas es, im Schlafzimmer zu schlafen. Das kam daher, weil er sie kurz nach ihrem Tod leibhaftig am Fußende vor dem Bett stehen sah, wie sie ihm auf groteske Art und Weise zuwinkte. Danach schlug er seine Schlafstatt nur noch auf der abgewetzten, muffigen Sitzgelegenheit in der Stube auf. Nicht etwa aus Angst vor ihr, oder besser ausgedrückt: vor ihrem Geist, das sicher nicht. Er wollte endlich seine Ruhe vor ihr haben. Ja, es war über etliche Jahre hinweg anstrengend genug mit ihr gewesen, mit ihr und ihrer verfluchten, heimtückischen Krankheit. Einer Krankheit, die in ihrem Gehirn unersättlich die Erinnerung gefressen hatte, sodass er täglich mehr mit einer fremden Frau zusammenlebte, der er letztlich wegen ihrer feigen Flucht vor ihm und dem gemeinsamen Leben nur noch zürnte. Für die Ärzte war es Alzheimer, nichts weiter als eine Diagnose. Aber für ihn war es die Hölle auf Erden gewesen. Er konnte auf sie einreden, sie ermahnen, aber die Sinnlosigkeit seines Tuns blies wie ein Wirbelsturm in sein bis dahin aufgeräumtes Leben. In letzter Zeit allerdings plagte ihn ein immer wiederkehrender Gedanke. Der Gedanke an die andere Welt. Drüben, im Jenseits. Wie könnte er ihr jetzt noch mit reinem Gewissen gegenübertreten, würde er seine Reise dorthin antreten müssen? Gab es dann eine passable Entschuldigung für seine bösen Gedanken im Hier und Jetzt?

Das mit dem Schlaf war für Herrn Jonas überhaupt so ein schwieriges Thema. Obwohl er am Abend hundsmüde war, raubte ihm die Schlaflosigkeit so manche Nacht. »Sie werden Sorgen haben, mein Bester«, wusste der Hausarzt nur darauf zu sagen, wann immer Herr Jonas ihn daraufhin ansprach. Schließlich gab er ihm, ohne zu zögern und wieder und wieder, ein starkes Schlafmittel aus seinem Medikamentenschrank. Doch aus Furcht vor den vielen Nebenwirkungen nahm Herr Jonas die Tabletten nur, wenn es gar nicht anders ging. Folglich hortete er Packung für Packung in seinem ausrangierten Kühlschrank. Warum wegwerfen, dachte er sich.

Während Herr Jonas schwerfällig zwischen zwei Sesseln hindurch zur Anrichte schlich, wobei sein schmaler, asketischer Kopf mit den grauen, strähnigen Haaren regelrecht zwischen den hageren

Schultern hin und her schaukelte, fiel sein Blick verächtlich auf ein zusammengeknülltes Schreiben, das neben einem nicht mehr ganz frischen Apfel in der Obstschale lag.

»So, Peterle«, sprach er mit hoch entstellter Stimme, indem er gleichzeitig ein Tuch aus dunklem Samt von einem Vogelbauer abzog, der dort auf dem altmodischen Möbelstück neben einem mickrigen Gummibaum stand. Versonnen betrachtete er den Vogel, der gerade in diesem Augenblick schlaftrunken die Flügel streckte.

»Hast gut geschlafen, ja? Bist mein liebes Peterle?«

Der Vogel legte ebenfalls den Kopf schief, wie es der Mensch tat, der nun kindisch feixend zu ihm durch die Gitterstäbe schaute. Gleichfalls einem Vogel nicht unähnlich aussehend, ließ Herr Jonas Speichel aus seinem gespitzten Mund direkt auf den dürren Zeigefinger triefen. Diesen steckte er schließlich durch die Käfigstangen. Umgehend tippelte der Piepmatz hinzu. Mit dem Schnäbelchen begann er sofort daran zu picken, als handele es sich dabei um einen köstlichen Nektar.

»So ist's recht, mein Peterle, lass dir's schmecken!« Nachdem er dem Tier eine Weile versonnen zugeschaut hatte, wie dieses spaßig mit seinem bunt gefiederten Köpfchen auf und nieder nickte, als bettele es um mehr, wandte Herr Jonas sich ab, um den Nachttopf zu leeren. Umständlich bückte er sich danach. Dann balancierte er das Gefäß mit zittriger Hand in Richtung Dielentüre. Im Türrahmen verharrte er plötzlich. Bis zum Abort, der sich wie zu anno Tobaks Zeiten im Flur eine halbe Treppe tiefer befand, war es wahrlich ein beschwerliches Unterfangen, wenn man den brisanten Inhalt berücksichtigte, der inzwischen in dem Topf ordentlich hin und her schwappte.

Während Herr Jonas überraschenderweise kehrt machte, bekam seine Miene etwas listig Entschlossenes. Die beiden scharfen Nasenfalten, die sich dabei wie gemeißelte Furchen am verhärmten Mund entlang bis fast in den rotfaltigen Hals zogen, ließen darauf schließen, dass ihm ein verschwörerischer Gedanke gekommen war. In resoluter Manier trat er vor das Spülbecken und leerte seinen trüben Nachturin verschmitzt lächelnd in den Ausguss. Er vermittelte dabei den Eindruck, als habe ihn der unsittliche Akt augenblicklich von etwas Seelenschwerem befreit. Wer Herrn Jonas einigermaßen kannte, der hätte es nie für möglich gehalten, dass dieser stets korrekte, bis in die Knochen ordnungsliebende Mann zu solch einer ruchlosen Entgleisung fähig gewesen wäre. Aber was sollte das bedeuten?

Nun drohte er gar der Obstschale mit geballter Faust. »Dann erstickt doch in eurer Geldgier!«, zischte er. »Schweine verstehen eben nur Schweinereien.« Diese anstößige Tat, die eigentlich gegen alle guten Sitten verstieß, musste ihm vorgekommen sein, als würde er irgendjemandem heimlich die Zunge herausstrecken. Einmal im Leben etwas Unschickliches tun, das fühlte sich wohl recht ersprießlich an. Dass es im abgeschiedenen Kämmerlein geschah, tat der Sache offensichtlich keinen Abbruch. Achtundachtzig Jahre alt musste er werden, um sich wie ein frecher Lausbub darüber freuen zu können.

Herr Jonas ließ kurz kaltes Wasser aus der Leitung über den Nachttopf laufen, schwenkte diesen einigermaßen trocken und stellte ihn wieder aufstöhnend unter die Couch. Dann fingerte er nervös das Schreiben aus der Obstschale und faltete es mit flattriger Hand auseinander. Wohl zum soundsovielten Male tat er es, seit der Schrieb vor vier Tagen im Kasten lag. Dabei schüttelte er den Kopf. Dieser Brief schien ihn regelrecht aus der Fasson zu bringen.

»Obendrein müsste man denen noch in den Siphon scheißen, damit sie vom Gestank ihrer eigenen Habsucht angewidert sind«, brabbelte er vor sich hin. »Hast gehört, Peterle, rausschmeißen will man uns.« Gleichzeitig fuchtelte er mit ausgestrecktem Arm in der Luft herum, sodass der Wisch wie eine feindliche erbeutete Standarte hin und her wedelte. »Uns einfach vor die Türe zu setzen wie nutzlosen Sperrmüll. Eigentumswohnungen wollen sie an dieser Stelle errichten, damit ihre dressierten Geldscheißer einziehen können.«

Der Alte wollte sich gar nicht beruhigen, doch der Vogel blieb stumm. Schließlich knüllte Herr Jonas das ultimative Einschreiben von der neuen Wohnungsbaugesellschaft, einem ausländischen Investor, wiederum zusammen und warf es verächtlich in die Schale zurück.

Erneut wendete er sich dem Vogelbauer zu. »Und was machst du, Peterle? Nun? Ja, du bleibst stumm, was? Bist genauso nutzlos wie ich, noch nicht mal singen tust. Sitzt in deinem gemachten Nest oben auf der Stange und reißt den Schnabel nur auf, wenn ich dir Futter gebe.« Nach einer Atempause fügte er melancholisch geworden hinzu: »Wir sind den heutigen Machtherren wertlos geworden, mein kleiner Freund, und wer nicht profitabel ist, muss verschwinden. Nur wohin, das sagen sie uns nicht. Nicht direkt sagen sie es, aber sie denken es sich. In ihren von Bilanzen und Statistiken vollgestopften Hirnen ist immer noch Platz genug, um zu fordern, dass wir verrecken sollen! Warum guckst so blöd, du nichtsnutziges Federvieh! Du kannst mir getrost glauben: Sie hoffen, dass wir verrecken. Ach was«, winkte er ab und machte sich umständlich daran, das Bettzeug in den Kasten zu stopfen. Danach schloss er das Fenster, weil sich allmählich der ätzende Schweiß der triebigen Stadt auf seine chronisch entzündeten Bronchien legte. Husten musste er davon, schrecklich husten, als müsse er gleich auf der Stelle seine Seele aus dem Leib spucken.

II

An jedem Tagesanbruch, den der liebe Gott der Welt, und hier vor allem dem alten Mann, gnädigerweise gestattete, gab es für Herrn Jonas eine festgelegte Reihenfolge seiner Tätigkeiten, die er nach dem Aufstehen bis dato strikt eingehalten hatte. Noch im weichen Polster sitzend, gähnte er herzhaft, wobei er sich am ganzen Körper kratzte, weil seine Haut so furchtbar trocken war. Seit Wochen brannte und juckte es vor allem zwischen den Zehen gleichzeitig. Danach tastete er sich verschlafen durch das Halbdunkel zum Fenster. Blinzelnd öffnete er die Läden, um, wie bereits bekannt, mit seinem geübten Kontrollblick die ihm fremd gewordene Welt in Augenschein zu nehmen. Bei offenem Fenster begann er mit der morgendlichen Gymnastik, damit die vom Schlaf verspannten Glieder und Muskeln gelöst wurden. Dafür hatte er sich eine gut durchdachte Übung angeeignet, die mit dem sorgfältigen Bewegen der Zehen anfing. Es folgte das Beugen, Strecken und Dehnen jedes einzelnen Körperteils und jedes Gelenkes. Beenden tat er seine Gymnastik mit einem abstrusen Grimassenschneiden, was die Gesichtszüge nach stundenlangem Erschlaffen wieder aufs rechte Gleis bringen sollte. Mit dem Gefühl, so für den neuen Tag gerüstet zu sein, machte er sich daran, das Schlaftuch von dem Vogelbauer zu entfernen. Das legte er ebenso gewohnheitsgemäß am Abend vorher, pünktlich drei Minuten vor zwanzig Uhr, über den Käfig, damit er rechtzeitig zum Beginn der Nachrichten im Sessel beim Radio saß. Vorsichtig nahm er dann das Tuch auf. Schließlich sollte sein gefiederter Freund nach langem Schlaf, ebenso wie er selbst, in den Genuss der frühen ungetrübten Morgenstunde kommen, was jedes Mal mit einer kurzen Ansprache seinerseits einherging, die das Vögelchen in gewohnter Gleichgültigkeit über sich ergehen ließ. Danach musste, wie wir bereits ebenfalls wissen, der Nachttopf geleert werden. Vor Jahren, als Frau Woyzeck in die Wohnung unter ihm eingezogen war und noch zeitig zur Arbeit ging, gab es zwischen ihm und ihr nicht nur einmal unschöne Szenen vor der Aborttüre. Alleine aus dem Grund, weil sie das stille Örtchen laut Mietvertrag mitbenutzen musste. Folglich trafen sie sich nicht nur einmal vor der Pforte der Erlösung. Er mit seinem mehr oder weniger vollen Pinkelpott in der Hand, sie mit entstelltem Mienenspiel in höchster menschlicher Bedrängnis. Natürlich wäre er gerne Kavalier gewesen und hätte ihr den Vortritt gelassen, aber was sollte er denn tun? Sollte er etwa mit seiner Notdurft wieder zurück in die Wohnung laufen? Nein, das kam für ihn nicht ohne Weiteres infrage, obwohl es schon vorgekommen war. Dennoch, Sieg oder Niederlage entschieden hier über sein eigenes Wohlbefinden, und das lag ihm naturgemäß näher. Später, als Frau Woyzeck von heute auf morgen von ihrem Arbeitgeber entlassen wurde und sie folglich morgens gern noch einmal ein Ohr aufs Kissen legte, lösten sich diese Streitigkeiten in Wohlgefallen auf. Richtiggehend besorgt erwies sie sich von da ab dem alten Mann gegenüber. Regelmäßig wischte sie ihm sogar kostenfrei die Wohnung. Ein weiterer Beweis ihrer Freundlichkeit war, dass sie ihm jeden Tag so gegen Nachmittag die gelesene Tageszeitung auf die Fußmatte legte. Um sich wiederum ihr gegenüber auf irgendeine Art und Weise erkenntlich zu zeigen, ging er gelegentlich sonnabends, kurz bevor die Verkaufsstände schlossen, auf den Markt zum Blumenhändler und kaufte ihr zum halben Preis einen Strauß Blumen. Diese Praktik des Kurzvorfeierabendeinkaufs war für ihn zum eigennützigen Standard geworden, denn es stellte sich bald heraus, dass er diese Strategie des halben Preises auch für sich, rein privat, zum Beispiel beim Bäcker erfolgreich anwenden konnte.

Zum weiteren morgendlichen Ritual gehörte unter anderem, dass er die recht hübsch verschnörkelte Kaminuhr mit einem Schlüssel aufzog, der an einem extra dafür vorgesehenen Häkchen an der Wand hing. Am rechten Vierkant drei Umdrehungen für die Mechanik und am linken Vierkant drei Umdrehungen für das wunderbar erklingende Schlagwerk. Danach stellte er in aller Regel sein altertümliches Radiogerät an, um sich die Nachrichten anzuhören und natürlich um die genaue Zeit der Ansage mit der seiner Kaminuhr zu vergleichen.

Die Kaminuhr sowie die einst luxuriöse Musiktruhe, in der das Radio integriert war, hatten sich seine Frau Hedwig und er kurz nach ihrer Hochzeit angeschafft. Beides hatten sie sich seinerzeit vom Munde abgespart, als sie in diese, für die damaligen Verhältnisse halbwegs komfortable Wohnung eingezogen waren. Das musste so um Ende 1956 gewesen sein. Eigentlich war das meiste, was sich an Mobiliar und Hausrat in der Wohnung befand, noch aus dieser Zeit. Der Fernseher allerdings, den sie sich erst Anfang 1970 leisteten, der landete gleich nach dem Tod seiner Frau im hohen Bogen auf dem Sperrmüll. Schließlich hatte der in beinahe achtzehn langen Jahren genug Unfug gesendet. Nein, Herr Jonas konnte gut und gerne ohne die Flimmerkiste leben, ohne die seine Frau leider nicht ausgekommen war. Er verabscheute von Anfang an diese geisttötenden Kästen, die in der Aufschwungzeit mehr und mehr in den Wohnstuben Einzug hielten und gute alte Familiengewohnheiten zerstörten. Die hässlichen Antennenwälder auf den Dächern waren ihm ebenso ein Gräuel wie die alles verschandelnden Schüsseln, die nun ihre terrestrischen Finger gierig zu den Satelliten im Weltall ausstreckten, um ja kein noch so belangloses Signal zu verpassen. Und das nannte man nun die aufgeklärte Zeit. *Hat das denn etwas mit Aufklärung zu tun, wenn einem das Hirn 24 Stunden lang – tagein tagaus – mit geistigem Schrott vollgestopft wird?*, fragte er sich oft. Allein der abgedroschene Satz, welchen er allerorts zu hören bekam: »Wir in unserer aufgeklärten Zeit …« Solch ein Unfug ließ ihn nun wirklich ärgerlich werden. »Wir in unserer manipulierten Zeit …« – daraus wurde ein passender Schuh für ihn!

Auf den Straßen sah er sie doch mit eigenen Augen, all die manipulierten und dressierten, modisch uniformierten Konsumroboter, die allesamt auf Knopfdruck funktionierten, gleich dachten und gleich argumentierten, geradeso wie die Medien es ihnen vorgaukelten. Überall sah er sie, wenn er täglich auf seinem Kontrollgang durch die Straßen lief. Oder wenn er geduldig an der Kasse im Supermarkt wartete und sie ihm, von einprogrammierter Konsumierlust getrieben, mit ihren stereotyp gefüllten Einkaufswägen rücksichtslos in die Hacken fuhren.

Ha, auf diesen ganzen Konsumterror fiel er nicht mehr herein. Raffinierte Verführer gab es schon immer und würde es auch in kommenden Zeiten geben, nur in einem neuen Gewand verkleidet. Davor schützte auch die ach so hochgepriesene Freiheit nicht. Im Gegenteil, die Freiheit versklavte unter dem Deckmäntelchen der Demokratie, das war seine Meinung. Davon ließ er sich auch nicht abbringen. Und es hatte viel zu lange gebraucht, bis er dahintergekommen war. Wie viel Hoffnung hatte er 1949 in die Demokratie gesetzt. Aber für ihn erwies sie sich zunehmend als gesellschaftsschädigende Mogelpackung. Außen hübsche Versprechungen und innen heiße Luft. Aber nur von Luft konnte der Mensch nicht existieren. Herr Jonas hatte sich gerade noch rechtzeitig dazu entschlossen, diesen Irrsinn mit allen ihm zur Verfügung stehenden Mitteln zu boykottieren. O ja, er war von Herzen froh, dass ihm sein Verstand früh genug die Augen geöffnet hatte, bevor wieder die Taten der Verführer auf tragische Weise für jedermann sichtbar und spürbar werden. Das, was geschehen war, sollte ihm nicht noch einmal widerfahren. Das hatte er sich schon damals in russischer Gefangenschaft geschworen. Damals war er auch einem einzigartig raffinierten Verführer aufgesessen, als er von ihm, gutgläubig ob der gerechten, hehren Sache, nach Russland in die große Weltenschlacht geschickt wurde. Danach war er, Friedbert Jonas, ein für alle Mal immun gegen süße Versprechungen gewesen. Ihm konnte man nichts mehr vormachen, o nein. Da mochte man heute ruhig über ihn lachen. Und er wusste, dass man über ihn lachte. Er beobachtete seine Mitmenschen genau. Die, die nicht teilnahmslos an ihm vorbeischauten, lächelten ihn jedes Mal milde, nachsichtig oder mitleidig an, wenn er in seinen abgewetzten Kleidern wie ein Relikt aus der Vergangenheit daher kam. Oh, wenn sie nur wüssten! Für ihn war es auch ein steiniger, schmerzvoller Weg bis zur Erkenntnis der Verführbarkeit gewesen. Er hatte es nicht immer einfach gehabt im Leben. Freilich, die Vergangenheit, auf die er wegen eines langen Lebens zurückblicken musste und die mit jeglicher Art von Erlebnissen angefüllt war, kam ihm aus heutiger Sicht wie eine vollgestopfte und bereits verstaubte Rumpelkammer vor. Ein Blick in diese gelebten Räume wäre für die heutige Jugend sicherlich so andersartig, als entdeckten sie einen neuen Planeten. Denn für sie begann die Welt rein gefühlsmäßig erst mit ihrer persönlichen Geburt. Was vorher war, betraf sie nicht, ließ sie kalt. Friedbert Jonas hingegen war für sie ein schon ausgestorbenes Fossil, unter dessen brüchiger Haut man nur noch einen Hauch gewesenen Lebens erahnen konnte. Selbst er blickte in manch nachdenklichen Augenblicken aufsteigender Resignation auf sein Leben zurück wie einer, der sich als unbeteiligter Zuschauer einen im Zeitraffer abgespulten Stummfilm anschaute, in dem andere agierten und die Fäden in der Hand behielten. Wo das Gute von dem Bösen immer wieder eins auf die Schnauze bekam. Und ganz zum Schluss verschwand der geschundene Tränenbajazzo zur Überraschung und Belustigung aller, winkend und gequält lachend, auf Nimmerwiedersehen in einem schwarzen Kreis, der auf der weißen Leinwand rasend schnell kleiner wurde. So klein, bis schließlich auch der winzige Punkt verschwunden war.

Er, Friedbert Jonas, war nie der Held gewesen, da gab es wahrlich nichts zu beschönigen. Allenfalls war er ein Statist, der noch nicht einmal die Herzen der Zuschauer berührte, weil er nur mal kurz durch das Zeitenbild huschte. Helden wurden gezeugt, sagte das Sprichwort, aber damit die Helden erkannt wurden, musste es die vielen, vielen Verlierer geben, an denen sie erwachsen konnten. Helden brauchten Prügelknaben. Dazu hatte man ihn erkoren, das war seine Rolle. Wenn das stimmte, dann war sein Vater der erste »Held«, den er zu Gesicht bekommen hatte. Denn durch dessen rigoros angewandtes »Heldentum« schlichen sich bei ihm, seinem Sohn Friedbert Jonas, dem geborenen Prügelknaben, schon in frühester Kindheit die Angst und die Feigheit tief in die kindlichen Eingeweide. Dort nisteten sie sich ein, um immer dann, wenn es galt, sich als Mann der Tat beweisen zu müssen, wie ein Untier aus dem Versteck zu springen, um auf der Stelle jeglichen aufkeimenden Mut zu vertreiben. Aber dieser feige Friedhelm Jonas sagte sich auch, dass Feigheit der wehrhafte Schutz des Schwachen sei. Und er entschuldigte seine Feigheit damit, dass die Helden eines Tages im Kampf fallen würden.

1933 waren wieder einmal im großen Stil Helden im Geiste geboren worden. Da, wo ansonsten das Neugeborene einen Bauchnabel hatte, befand sich bei dieser Spezies Mensch ein Koppelschloss mit Hakenkreuz. Und in ihren Eingeweiden nisteten nicht Angst und Feigheit, nein, nein, nein, in ihrem Gekröse versteckte sich bereits der Tod.

Aus purem Überlebenswillen erkannte Herr Jonas im Laufe seines Lebens Helden zehn Meilen gegen den Wind. Waren sie es doch, die ihr Heldentum an den Verlierern maßen. Er las die vernichtende Macht aus ihren strahlend blanken Augen, aus ihren schmallippigen Mündern und dem energisch vorgestreckten Kinn. Er roch die tödliche Gefahr, die sie wie einen verräterischen Dunst ausschwitzten. Es war ein Gestank von Fäulnis, der von ihnen ausging. Herr Jonas hatte diesen Gestank, der ihm einstmals auf dem Schlachtfeld begegnete, nie mehr aus der Nase bekommen. Ganz zu Anfang seiner Mannwerdung, da glaubte er gewissermaßen, ein Sieger zu sein. Er – der stetige Verlierer. Und nur weil er es als frisch beamteter Sesselfurzer bei der Stadtverwaltung geschickt verstanden hatte, sich wegen Unentbehrlichkeit und körperlicher Untauglichkeit vor dem Militärdienst zu drücken.

Als das gewaltsam heraufbeschworene Tausendjährige Reich jedoch schon nach wenigen Jahren in den letzten röchelnden Zügen lag, gehörte plötzlich auch er zum allerletzten Aufgebot aktiver Sterbehilfe. Alleine durch die Tatsache, für das Reich kämpfen zu müssen, war auch er zum unfreiwilligen Handlanger der wahren Helden auserkoren worden. In fremden Ländern, auf fremden Schlachtfeldern, unter fremden Menschen durfte er sich für deren Ehre, Volk und Vaterland im Heldenblut wälzen und den fauligen Gestank ihres Heldentums leibhaftig einatmen. Auf sonderbare Weise, darüber hatte er später oft nachgedacht, hatten für die Zeit des Kampfes – eingekesselt von stählernem Donner der Geschütze – sogar seine Angst und Feigheit Reißaus genommen. Die Ängste kamen erst wieder zurück, als ihm, daheim angekommen nach langer entbehrungsreicher Gefangenschaft, der geordnete Frieden eine neue Lebenschance bot. Da spürte er wieder seine individuelle Nichtigkeit und sein hilfloses Ausgeliefertsein gegenüber der massenhaften Gleichgültigkeit, an der die Gesellschaft im Zuge der persönlichen Vorteilssuche mehr und mehr epidemisch erkrankte. Doch von da ab war er gewarnt vor jedweder Heilsversprechung, die immerfort aus den Mündern der Politiker sprudelte. Es gab nur noch eine Sprache, der er bedingungslos vertraute, und das war die seiner eigenen inneren Stimme.

Ja, ja, es war schon eine rechte Qual für ihn mit seiner Umwelt. Warum er allerdings allgemein als Sonderling galt, verstand er nicht. Seine Ansichten waren doch grundsätzlich richtig und logisch, wie er meinte. Wären alle so wie er, um die Welt wäre es um einiges besser bestellt, von dieser Auffassung ließ er sich nicht abbringen. Sein Grundgedanke vom geordneten, rücksichtsvollen Miteinander hatte doch sogar etwas Religiöses an sich. Und das konnte doch nicht falsch sein. Immerhin las er allmorgendlich die frommen Sprüche auf dem christlichen Kalenderblatt, das er von der *Guten Saat* im Flur gleich rechts neben der Tür abriss, wenn er seine schwierige »Sitzung« eine halbe Treppe tiefer beendet hatte. Darin schwang doch der gleiche Tenor von Rücksichtnahme und Gehorsam mit. Eigentlich war er kein sonderlich gläubiger Mensch und vor allem kein Kirchgänger, aber er bewahrte sich hartnäckig den Standpunkt, dass Glauben grundsätzlich keine unnütze Investition wäre. Sollte sich nach dem Tod wirklich alles so bestätigen, wie es in der Bibel stand, dann war er auf der sicheren Seite, wie er glaubte. Und sollte es sich nicht bewahrheiten, dann hatte es ihm *und* der Gesellschaft jedenfalls nicht geschadet, ganz im Gegenteil.

Nun haben wir den alten Herrn Jonas bis hierhin schon ein klein wenig besser kennengelernt. Doch fahren wir in seinem weiteren Tagesablauf fort, der zur Stunde dieser Geschichte eine ungewöhnliche Wendung erfährt.

Er ließ sich diesmal viel Zeit mit der Morgentoilette. Nichts war, wie es war. Er unterließ es auch, wie sonst üblich, einen Bleistift in mittlerer Härte anzuspitzen. Eigentlich gehörte es zu seinem ordentlichen Tagesablauf, dass er mit gespitztem Bleistift und einem linierten Schreibblock die Wohnung verließ. Diese Utensilien packte er in die schon arg ramponierte braune Aktentasche, in die er zudem, damit sie prall und geschäftig aussah, Zeitungspapier stopfte, um zu tun, was zu tun war. Demgemäß gerüstet verließ er bei Wind und Wetter pünktlich um 10 Uhr seine Wohnung, um einen beträchtlich großen Stadtbezirk auf Falschparker und Konsorten zu kontrollieren. Wer sonst überwachte diese Rabauken so gewissenhaft? Warum erkannten sie nicht von sich aus, dass purer Egoismus ins Chaos führte. Oh, ihm entging keiner. Seine Habichtsaugen erfassten mit geschult sicherem Blick jede Ordnungswidrigkeit. Das ging doch nicht an, dass jeder in der Öffentlichkeit machte, was er wollte. Diese rücksichtslosen Zeitgenossen schrieb er ohne Wenn und Aber auf, um sie am Ende seiner einträglichen Tour allesamt bei dem von ihm bevorzugten Polizeirevier in der Friedrich-Engels-Allee zur Anzeige zu bringen. Das war sein gutes Recht, das war seine verdammte Bürgerpflicht. Wenn man ihn wütend und verärgert daraufhin ansprach, sagte er schlicht, ohne einen Widerspruch zu dulden: »Verhüten geht vor Schädigen!«

Am Nachmittag, immer zur gleichen Zeit, geradeso, als käme er wie früher vom Amt nach Hause zurück, öffnete Herr Jonas zufrieden die Wohnungstüre. Nun endlich gönnte er sich zusammen mit seinem kleinen Freund Peterle den verdienten Feierabend, um am nächsten Tag, in einer Art Sisyphusarbeit, wiederum den vergeblichen Versuch zu starten, den Stein der Dummheit auf den Gipfel der Erkenntnis zu rollen.

III

Sicherlich, die bis jetzt geschilderte Abfolge wich nur insofern vom
Gewohnten ab, als dass sich Herr Jonas alles in allem viel mehr Zeit ließ
als gewöhnlich und seine Handlungen fahrig, ja geradezu unkontrol-
liert nervös wirkten. Hatte er wieder einmal sehr schlecht geschlafen?
Wiederholt packte er mal dieses und mal jenes an und legte es wieder
beiseite. Dabei zuckten seine leicht triefenden Mundwinkel und seine lückenhaften Brauen beschrieben fortwährend einen erstaunten
Bogen über die abgeklärt wirkenden Augen, in denen, gegensätzlich
zu seiner äußeren Unruhe, noch nicht das innerliche Feuer des Tages
brannte.

All dessen ungeachtet bereitete er sich einen Kessel mit Wasser,
den er über dem Gasherd zu erhitzen gedachte. Das heiße Wasser
brauchte er zum einen, um sich einen starken Muckefuck aufzubrü-
hen, und des anderen zum Rasieren. Während die Flamme lodernd
und fauchend um den Kesselboden schlug, gab er sich daran, penibel
den Frühstückstisch zu decken. Er benutzte immer die gleiche Tasse,
den gleichen Teller und das gleiche Besteck.

Im Kabuff in der Schräge hinter der Wand, in die eine schmale
Tapetentür führte, verwahrte er seine wenigen Lebensmittel. Mit
einem Messer bewaffnet ging er in seine Speisekammer. Von dort
holte er sich ein Stück Hartwurst, die dort mit ausgefranster Kor-
del befestigt am Gebälk hing. Anschließend kramte er aus Hedwigs
Nachtschrank, den er in einer dunklen Ecke als Vorratsschrank benutzte, Margarine und einen Kanten Brot heraus. Mit dem Messer
schnitt er an Ort und Stelle sorgfältig die Rinde ab, die er nach zu-
friedener Begutachtung in einen ebenfalls an dem Balken hängenden
Stoffbeutel warf. Die Krusten bewahrte er für die Enten im Park auf.
Sonntags ließ er nämlich den lieben Gott einen guten Mann sein,
dann ging er anstatt auf Streife in den Park. Mit der Gewissheit, ein

guter Mensch zu sein, fütterte er die Enten am Teich. Und beim Rundgang durch den Stadtforst ruhten seine Augen versonnen auf die inzwischen verschorften Schnitzereien, welche etliche Bäume am Wegesrand zierten. Die stammten aus einer Zeit, da es noch keine alles verschandelnden Graffitis gab. Diese widernatürliche Art von Sachbeschädigung war keinesfalls zu tolerieren. Jenen ungezogenen Rüpeln, die diese Sauereien veranstalteten, hatte man anscheinend in der Schule den Spruch »Narrenhände beschmieren Tisch und Wände« nicht beigebracht. Ein schön geritztes Herz in der Rinde mit den Namen der Geliebten darin, das hingegen erfreute ihn. Dann überkam ihn immer eine Welle von seltsam anmutender Herzenswärme.

Den Kühlschrank benutzte er schon lange nicht mehr, aus dem hatte er beizeiten den Stecker herausgezogen. Darin verwahrte er nun allerhand Krimskrams. Der elektrische Kühler war nur ein überflüssiger Stromfresser und zerstörte zudem das Ozonloch, wie man ihm eingetrichtert hatte. Nein, den brauchte er auch nicht mehr, seitdem Hedwig ihn alleine gelassen hatte. Die Menschen früher waren auch ohne so einen neumodischen Plunder ausgekommen. Wenige gab es allerdings schon zu seiner Zeit, die einen vergleichsweise akzeptablen Eisschrank besaßen. Im Sommer bekamen sie vom Eismann Eis geliefert. In stattlichen Blöcken wurde gefrorenes Teichwasser in tiefen Kellern vom Winter herüber gerettet. Auf der Schulter wurden die schweren Eisblöcke ins Haus getragen, geschützt von einem Lederumhang, den der Lieferant sich vorher überwarf. Als Kind war er dem Eismann bettelnd nachgelaufen, damit er ihm ein Bruchstück zum Lutschen abgäbe. Der Eismann hingegen störte sich nicht an der Bettelei. Stöhnend und schwitzend eilte er davon, das Schmelzwasser lief ihm in den Hemdkragen. Aber auch das war längst Schnee von gestern.

Nur weil heute alles so praktisch geworden war, sollte er jeden technischen Unfug mitmachen? Nach Umweltschutz schrien sie alle, aber bei sich anfangen wollte keiner.

Herr Jonas war im besten Sinne aufopferungsvoll bereit, mit gutem Beispiel voranzugehen. Und wie dankte man es ihm? Man verspottete ihn und machte ihm das Leben sauer. Und was noch schlimmer war: Diejenigen, die von den anderen lautstark den Umweltschutz einklagten, waren aus Gründen des eigenen Profits dazu nicht bereit. Eine ungerechte Welt eben! Für Herrn Jonas allerdings gab es nicht nur eine ungerechte Welt, für ihn gab es so viele Ungerechtigkeiten, wie es Menschen gab. Denn Ungerechtigkeit bedeutete allein schon die Verwehrung seiner individuellen Wünsche.

Der Kessel pfiff heute besonders laut. Genervt schüttete Herr Jonas das kochende Wasser in die Tasse, aus der Hedwig immer getrunken hatte. Da hinein tunkte er den Rasierpinsel. Mit den nassen Borsten fuhr er sich über die zuvor mit Seife eingeriebenen schlaffen, faltigen Wangen und das leicht fliehende, stoppelige Kinn. So lange tat er dies, bis ihn ein ulkig weißer Schaumbart zierte. Gleichzeitig stellte er einigermaßen umständlich mit der linken Hand den trüb gewordenen Spiegel ein, der über der Spüle hing. Er fummelte eine Weile daran herum, bis er genauestens sehen konnte, wie und wo er das Messer anzusetzen hatte. Schließlich wollte er sich nicht verletzen. Die hauchdünne Klinge über die empfindliche Haut zu schaben, das hatte für ihn immer etwas Martialisches. Wenn man nicht sorgsam genug achtgab, floss Blut. Bei der scharfen Schneide musste er vor allem zwischen Nase und Oberlippe besonders aufmerksam sein, denn dort wuchs seit seiner Pubertät ein hässliches Warzengewächs. Zudem musste er aus Gründen gelegentlich aufkommender Eitelkeit von der unschönen Warze in unregelmäßigen Abständen ein lang sprießendes Haar entfernen. Diesem überflüssigen Auswuchs unter der Nase gab er unter anderem die Schuld, dass die Leute nur ungern mit ihm sprachen. Weil sie im ersten Moment gewiss dachten, so vermutete er jedenfalls, dass es sich dabei um einen Popel handelte. Anderseits bestünde auch die Möglichkeit, dass die dachten, dass er dachte, dass sie dächten, es würde sich um einen Popel handeln. Und da war es verständlicherweise besser, dieser Verknüpfung unglücklicher Gedankengänge oder lästigen Nachfragen von vornherein mit Forschheit zu begegnen.

Nein, o nein, ein Adonis war Herr Jonas bestimmt nicht. Dessen war er sich auch bewusst. Aber er spürte seine inneren Werte, die dieses optische Manko allemal wettmachten. Ihm lag grundsätzlich nichts daran, auch seine Mitmenschen davon zu überzeugen. Das lohnte sich seines Erachtens nicht. Warum den Leuten gefallen? Denn gegen diese synthetisch gestylte Lebenseinstellung von künstlich falscher Anmut und Liebreiz allenthalben, wo Botox und Plastikbrüste zum erstrebenswerten Schönheitsideal geworden waren, brauchte es seinerseits keine Überzeugungsarbeit mehr. Das hieße doch, Perlen vor die Säue zu werfen. Völlig vergeblich. Auf welch geistiger Ebene soll man denen denn begegnen, wenn sie bunt tätowiert, mit allerlei Metall betackert und dümmlich schauend vor einem standen? Er betrachtete die Jugend in ihrer narzisstischen Aufmachung nur noch als potemkinsche Fassade, hinter deren einheitlicher Schmückung das eigentliche Ich längst zur Ruine verkommen war. Ihn allein befriedigte es zu wissen, dass Schönheit, oder was immer man darunter verstand, auch nur eine auf Zeit geliehene Angelegenheit und das innere wahrhaftige Zierbild unabhängig vom Äußerlichen war. Was ihn mitunter ganz verwirrte, war, dass er bei dem verwirrenden Rollenspiel von Männlein und Weiblein hin und wieder die Geschlechter verwechselte. Früher – na, das waren doch noch andere Zeiten gewesen, wo rotwangige Mädels einen züchtigen Rock trugen und ein kerniger Bursche die Hosen anhatte –, da gab es in dieser Hinsicht keinerlei Verwechslung. Und das war auch gut so!

Freilich war man schiefgewickelt, wenn man annahm, Herr Jonas wäre völlig weltfremd geworden in seiner Eremitenklause unterm Dach. Weit gefehlt. Er wusste schon ganz genau, was in der Welt vor sich ging.

Nicht ohne insgeheim Wohlwollen zu empfinden, besah er sich gelegentlich sogar die schamlosen Glanzillustrierten beim Zeitungshändler. Ziemlich unauffällig tat er es. Er tat es so, als suche er in den bunt ausgelegten Regalwänden etwas Unverfängliches. Mit dem Rücken deckte er dann die frivole Lektüre ab, damit man nicht sah, worin er blätterte. Sollte er sich denn vor den schiefen Blicken rechtfertigen müssen, indem er behauptete sich vergriffen zu haben? Nein, wenn er ehrlich war, musste er tatsächlich zugeben, dass er es ganz bewusst darauf anlegte, sich die splitterfasernackten Damen anzusehen. Vielleicht war es ja auch ein Selbstversuch, ob sich bei ihm im Unterleib noch etwas regte? Aber kein warmer Schauer durchrieselte seine Weichteile. Er war tot zwischen den Beinen, mausetot. Wer aber gleichermaßen behauptete, mit dem Alter würde diesbezüglich auch das Herz erkalten, der irrte. Der irrte gewaltig! Der Trieb blieb. Er trieb an. Er bestimmte das Leben, den Fortschritt und den Untergang. Manchmal, was zugegeben sehr selten vorkam, machte er in lauen Nächten noch einen Kontrollgang durch das Rotlichtviertel. Zu gerne wäre er, testweise versteht sich, zu einer dieser Liebesdamen gegangen. Nur ein einziges Mal. Einfach um auszuprobieren, ob sie, die Spezialistin in Liebespraktiken, es doch irgendwie hinkriegen würde, ihm das Glück in die leblosen Lenden zu blasen? Keine andere als eine Professionelle hätte sich allein schon wegen seines Aussehens mit ihm abgegeben. Aber jedes Mal dann, wenn ihm die verruchte Lederbraut im schummrigen Licht der Straßenlaterne ihre rot lackierten Finger in den Schritt legte, schrie seine innere Stimme, die sich auf erschreckende Weise wie die seiner Hedwig anhörte: »Friedhelm, du Lustmolch!«

Gleichwohl gab es sogar Momente, wo Herr Jonas an seinem äußeren Erscheinungsbild regelrecht Gefallen fand. Hatte er an Hedwigs Beerdigung nicht geradewegs stattlich ausgesehen? Da störte es auch nicht, dass der schwarze Anzug am Gesäß und an den Knien blank gescheuert war. Allein sein glanzvoller Blick, sein aufrechter Gang und der beinahe glückliche Ausdruck um seinen ansonsten freudlosen Mund gaben ihm die Statur eines bedeutungsvollen Mannes. Als er seinerzeit gemessenen Schrittes hinter dem Urnenträger herging, hätte man glatt den Eindruck haben können, einen glücklichen, weltmännischen Herrn vor sich zu sehen. Diesen pfiffigen Schimmer in den Augen und diese straffe, selbstbewusste Haltung bekam er gleichermaßen, wenn er die Kennzeichen der Falschparker auf seinem Block notierte.

Im Gegensatz dazu huschte jetzt ein Hauch von Trübsal über sein Spiegelbild, als er kritisch die vollendete Rasur begutachtete. War es gar sorgenvoll? Mochte es sein, dass ihn der Brief zu intensiv beschäftigte oder ihn aber eine andere Last bedrückte? Er vergaß sogar, Kölnisch Wasser großzügig in die Handfläche zu schütten, um sich damit das von der Rasur strapazierte Gesicht zu erfrischen. Ärgerlich, ohne diese Desinfektion würde die Haut schon nach einer knappen Stunde wie eine unangenehme Gesichtsrose aufblühen.

Halbherzig konzentriert räumte er seine Utensilien beiseite, stopfte den Stopfen in den Abfluss und ließ zu einem Drittel Wasser in die Spüle einlaufen. Nachdem er einen ordentlichen Guss aus dem noch dampfenden Kessel beigab, entledigte er sich wegen des oft unerträglichen Gliederreißens umständlich seines Nachthemdes. Nackt, wie er war, schweifte sein Blick verlegen zu dem Vogel, der, ein Bein in seinem Federkleid versteckt, mit geschlossenen Äuglein aufgeplustert auf der Stange saß. Alsdann fühlte Herr Jonas allerdings ein starres Augenpaar auf sich gerichtet. Herrje, er hatte es nie leiden können, dass Hedwig anwesend war, wenn er sich wusch. Sie sollte dann, so war es früher jedenfalls in beiderseitigem Einverständnis geregelt, entweder die Betten machen oder sich sonst wie beschäftigen, nur durfte sie sich nicht in seiner Nähe aufhalten!

Missmutigen Blickes latschte er mit dem Handtuch um die Hüfte gewickelt zum Schrank. Im Regal stand ein Foto von Hedwig, das sie lachend zeigte. Er nahm das Bild und legte den Rahmen mit der Bildfläche aufs Holz. Nun endlich konnte er ungestört mit der Körperreinigung anfangen.

Der Waschlappen strich flüchtig unter die Arme, über die kachektische Brust, das schlaffe, welke Bäuchlein und zwischen die dürren, mit Krampfadern übersäten Beine, was ihm nebenbei die Gelegenheit gab, in beiden Leisten den Darm zurück in die Bruchpforten zu drücken. An dieser heiklen Stelle stülpten sich nämlich von innen immer wieder derbe Knoten durch die weiche Bauchdecke. Deshalb nahm er auch alle zwei Tage ein hochwirksames Abführmittel ein, weil ohne das Präparat der Kot hart wie Stein werden würde, was die Häufigkeit dieser unangenehmen Kalamität noch begünstigte. Eigentlich sollte er die Tropfen schon vorgestern eingenommen haben! Hatte er sie eingenommen?

Das ansonsten praktische Bruchband, das Hedwig ihm vor zehn Jahren zu Weihnachten schenkte, lag noch liebevoll eingepackt im

Wäscheschrank. Es war an jenem bedeutungsvollen Weihnachten gewesen, als sie, anstatt den Baum mit Kugeln zu schmücken, Ostereier bunt gefärbt hatte. Woraufhin er ihr ordentlich böse war. Er wusste doch seinerzeit noch nicht, was in ihr vorging. Und das Bruchband hatte er auch verärgert in den Schrank zurückgelegt. Aber, wie dem auch sei, wie käme er denn jetzt dazu, ihr im Nachhinein für das Geschenk dankbar zu sein!

Herr Jonas trocknete sich rasch ab. »Das muss genügen«, sagte er sich. Früher ging er einmal die Woche, meist samstags, zum Wannenbad in die öffentliche Schwimmhalle. Denn wer verfügte schon über eine Badewanne zu Hause? Aber jetzt, da er allein wohnte, achtete er nicht mehr so sehr auf Körperhygiene. Frau Woyzeck hatte sich nur ein einziges Mal erlaubt, mit gerümpfter Nase zu fragen, was denn bei ihm so komisch riechen würde? Na, der hatte er aber Bescheid gegeben, dass sie das gar nichts anginge, wie es bei ihm riechen würde! Da solle sie sich lieber mal an die eigene Nase packen.

»Polacken«, ächzte er kaum vernehmbar hervor und verdrehte dabei die Augen. Er selbst hatte es doch einst als Soldat erlebt, dass die Polen Ziegen in ihren Häusern hielten, da müsste sie doch wohl ganz still sein. Und damit war das Thema für ihn erledigt.

Über dem Stuhl lagen frische Unterwäsche und ein sauberes, akkurat aufgebügeltes weißes Hemd, denn aufs Hemdenbügeln verstand sich Frau Woyzeck ausgezeichnet. Außerdem hing auf dem Bügel, der mit dem Haken im Griff der Schranktür eingehängt war, der schwarze Anzug nebst bester Krawatte zum Anziehen bereit. Scheinbar war es ihm völlig gleichgültig, diesen Sonntagsstaat an einem ganz gewöhnlichen Donnerstag anzuziehen.

Unternehmungslustig, rasiert und gekämmt stieg Herr Jonas in die Kleider. Dabei verflog für den Bruchteil einer Sekunde sogar seine mürrische Miene. Und als er sich fix und fertig angezogen im großen Wandspiegel in der Diele betrachtete, pfiff er wohl gelaunt eine Melodie. Worauf ihm der Vogel ebenfalls freundlich pfeifend antwortete.

»Potztausend, da schaust du, Peterle, was?«, rief er belustigt. Gestriegelt und gespornt drehte er sich dem Käfig zu. »Eigentlich wollte ich es dir ja noch nicht verraten, aber heute erwarte ich Besuch.«

Der Vogel legte aufmerksam den Kopf schräg.

»Ja, ja, aber das ist nicht irgendein Besuch, nein, der nicht. Du liebe Güte, den erwartet man keineswegs in ausgebeulter Haushose und legerer Joppe.«

Der Vogel wiegte mit wild gesträubtem Hauptschmuck possierlich den Kopf auf die andere Seite.

»Hast du gehört, dem begegnet man nur einmal im Leben, und da heißt es, vorbereitet sein!« Herr Jonas winkte ab und ging zum Ofen. »Ach was, du dummer Vogel, warum erzähle ich dir das alles, du verstehst mich ja doch nicht. Ich kann reden und reden und du musst mir zuhören, ob du willst oder nicht. Aber wehe, wenn ich das Türchen von deinem Käfig öffnen würde, dann aber flögest du ruckzuck fort, ohne dich darum zu kümmern, ob ich Besuch bekomme oder nicht. Das ist die Wahrheit.«

Als der Vogel keinen Piep von sich gab, sagte Herr Jonas tröstend zu ihm: »Nun sei mal nicht traurig, mein kleiner Freund. Wenn ich gefrühstückt habe, gehe ich los, um beim Kaufmann einige Besorgungen für mich und meinen Gast zu erledigen, dann bringe ich auch dir etwas Leckeres mit!« Ohne sich weiter um das Tier zu kümmern, schüttete er den Rest des Wassers aus dem Kessel in eine zweite Tasse, in die er bereits am Abend zuvor ein ganz klein wenig gefriergetrocknetes Instantpulver hineingetan hatte. Nicht nur mit dem Kaffee-Ersatz ging er sehr sparsam um. Weil ihm das Einkaufen körperliche Beschwernisse machte, zögerte er für gewöhnlich mit allen Mitteln den Gang in die Geschäfte hinaus. Danach schmerzte ihm immer ordentlich der Rücken, weil er den Nachschub an Lebensmitteln stets von ganz unten aus dem Regal nahm. Frau Woyzeck hatte ihn nämlich darauf hingewiesen, dass sich dort in der Regel, also im unteren Regal, die preiswertere Ware befand. Und die nach ganz hinten eingeräumten Sachen waren zudem die frischsten mit dem längsten Haltbarkeitsdatum.

Als der gebraute Muckefuck nur geringfügig dampfte, steckte er prüfend den rechten Zeigefinger hinein und verzog enttäuscht das

Gesicht. »Na, dann trinke ich ihn eben lauwarm«, sagte er gleichmütig gestimmt.

Endlich saß Herr Jonas am Tisch. Kurz bevor er den ersten Bissen zu sich nehmen wollte, bemerkte er lachend, dass er seine Zahnprothese noch nicht in den Mund gesteckt hatte. »Wie kann man nur so schusselig sein.« Er stand wieder auf, um zum Schränkchen zu gehen, das sich unterhalb der Spüle befand. In diesem bewahrte er neben diversen Reinigungsmitteln seine Zähne im Glas auf. Nein, er bewahrte sie nicht, er versteckte sie, weil er es nicht mochte, gleich morgens von ihnen angelacht zu werden. Traurig genug, dass der Mensch im Alter zum Ersatzteillager wurde. Aber wie anders könnte man an den ansonsten unproduktiven Alten verdienen, wenn nicht an den vielen Hilfsmitteln und Medikamenten, die man ihnen mehr oder weniger gönnerhaft zukommen ließ? Sicher, man hatte als Betroffener auch seinen Nutzen davon. Aber gleichzeitig wurde man gerade dadurch gegenüber der jüngeren Generation bewusst oder unbewusst ausgegrenzt. Ausgegrenzt insofern, indem eine gewisse Klientel aus parteipolitischen und wirtschaftlichen Gründen immer wieder auf die hohen Belastungen verwies, die diese kostspielige Rentnerschwemme der übrigen Gesellschaft aufbürdete. Alterspyramide, Alterspyramide – wenn er das schon hörte. Die Alten würden immer älter werden. Das war für Herrn Jonas eine willkürliche Lüge, mit der man Politik machen konnte! Die Rente mit 67 und die Alterslüge gehörten seiner Meinung nach eng zusammen. Ihm brauchte man da nichts vormachen. Er studierte täglich die Todesanzeigen in der Zeitung. Natürlich wurden dort auch Leute aufgeführt, die in seinem hohen Alter und älter den Löffel abgegeben hatten. Aber das war nur eine Generation! Seine Generation! Die »*Hart wie Stahl, flink wie Wiesel und zäh wie Leder-Generation*«. Diese Generation hatte man im Überlebenskampf mit Entbehrung geimpft, und das hatte nicht nur ihre Körper, sondern auch ihre Seelen starkgemacht. Ja, die wurden alt, das sah man ja an ihm. Und bald schon würde sich herausstellen, dass er mit seiner These recht behielt. Derzeitig jedenfalls kamen die Einschläge bereits mit 50, 60, 70 Jahren. Schwarz auf weiß war es in den Anzeigen für jeden zu lesen. Das hieß also, wenn die heutige Generation bis 67 arbeiten musste, dann brauchten die kurz darauf keine Rente mehr. Somit wurde das Alter zu einer Keule, mit der die Politik und die Wirtschaft den inzwischen arg verschreckten Bürgern jedes Mal dann drohte, wenn wieder irgendeine Kürzung oder eine Erhöhung durchzusetzen war. Mit der Gebetsmühle der Scheinheiligkeit, dass der Mensch immer älter würde, konnte man die einen und die anderen wunderbar gegeneinander ausspielen und gegenseitig aufeinander hetzen. Außerdem fand sich gerade damit so manche Begründung, all denen das Geld aus der Tasche zu luchsen, die sowieso schon am Tropf der Elite hingen, weil das lange Leben ja so kostspielig war.

»Sie machen das Alter noch zur Plage!«, hatte Herr Jonas nicht nur einmal gewettert. Dass der Staat jedoch immens hohe Steuereinnahmen wie nie verbuchte, damit wurde wohlweislich hinterm Berg gehalten. Was dabei auch klammheimlich unterging, war, dass sich in gleichem Maße, wie über den allgemeinen Geburtenrückgang geklagt wurde, auch die Millionäre und sogar die Milliardäre vermehrten. Aber an und für sich war es gleichgültig, was er darüber dachte, es interessierte ja sowieso keinen. Vor allem ihn interessierte es nicht mehr! Warum beschäftigte er sich überhaupt noch damit?

Und dennoch lachte Herr Jonas sich ins Fäustchen. Seine Pfründe hatte er jedenfalls ausgiebig ausgekostet. Nun allerdings wollte man ihm an den Kragen. Wie schon einmal wurde wieder gelogen, dass sich die Balken bogen. Auch das Wort *Erderwärmung* konnte er nicht mehr hören. Damit zog man den Menschen ebenfalls auf perfide Art den Cent aus der Tasche.

»Die Erde ist doch keine kreisrunde Kugel, die immer im gleichen Abstand von der Sonne bleibt. Die Erde pendelt!«, rief er dem Peterle zu. »Haben die in der Schule denn nicht aufgepasst? Und außerdem gab es Zeiten, da standen hier Palmen.«

Wieder lachte er. »Und vielleicht sind so exotische Vögel, wie du einer bist, darin herumgeflogen!« Jetzt verfinsterte sich umgehend sein Gesicht. »Und an allem sind die Alten schuld. Die beuten das System aus, ha.« Herrjemine, das war auch so ein heikles Thema, bei dem ihm regelmäßig die blanke Wut hochkam. Hatte er sein Scherflein denn nicht ordnungsgemäß dazu beigetragen? Natürlich hatte er das! Er brauchte kein schlechtes Gewissen haben! Er hatte keine Schwarzgelder außer Landes oder sonst wohin gekarrt. Menschen seiner Kategorie wurden die Steuern automatisch Monat für Monat einbehalten. Dass er ein Beamter war, ließ sein Gedankengang in diesem Augenblick nicht zu. Wegen seiner uneigennützigen Jagd auf Falschparker sorgte er dennoch dafür, dass so mancher Euro zusätzlich in den Stadtsäckel floss. Ganz abgesehen davon, dass er in Krieg und Gefangenschaft für Führer, Volk und Vaterland seine besten Jahre und seine Gesundheit und die Hoffnung auf ein besseres Leben geopfert hatte. Aber das war ja sowieso unbezahlbar. Obendrein nervten ihn diese geschickt lancierten Hinweise auf die immense Schuldenlast, die man den ach so armen, noch ungeborenen Staatsbürgern hinterlassen würde.

Weit gefehlt! Wenn die auf die Welt kamen, fanden sie alles vor, was das Herz begehrte, ohne auch nur einen Handschlag dafür getan und nur einen Cent dafür bezahlt zu haben.

»Ha«, lachte er erneut laut auf. »Sollen doch die vielen Migranten aus aller Welt später die Schulden bezahlen! Dann gibt es doch sowieso keinen blonden Deutschen mehr! Ha, ha, so sieht's doch aus, verdammt noch mal, so sieht's doch aus!«

Nein, da brauchte er wirklich kein schlechtes Gewissen zu haben, wie er befand. Desgleichen brauchte er kein schlechtes Gewissen zu haben, weil sich in seinem Kühlschrank eine respektabel angefüllte Dose mit Fundmünzen befand. Ja, Fundmünzen, von denen niemand außer ihm etwas wusste! All die Jahre, die er Jagd auf Falschparker machte, hatte sich sein Augenmerk ganz nebenbei auf verlorene Münzen gerichtet, welche achtlos auf der Straße lagen. Sollten sie denn in der Gosse vergammeln? Er hatte es oft genug beobachtet, dass sich die Menschen zu fein dazu waren, sich nach irgendeinem geringen Geldstück zu bücken, das nicht silbern blank glänzte. Es wurde doch nicht umsonst gesagt, dass das Geld auf der Straße läge. Da lag es auch, allerdings musste man dafür den Buckel krumm machen.

Herr Jonas hätte sich noch über manch anderes ereifern können, aber nun wollte er endlich mit seinen aktiv gereinigten Zähnen frühstücken. Bevor er jedoch abermals Platz nahm, stellte er das Bild von Hedwig wieder in Positur, sodass sich ihre Blicke treffen konnten, wann immer er es wollte.

»So, das wäre geschafft«, seufzte Herr Jonas auf. Sichtlich zufrieden mit seinem Frühstück, fuhren seine Hände über die kaum angedeutete Rundung seines Bauches. Mit einem verstohlenen Blick zu Hedwigs Abbild wischte er sich mit dem Saum der Tischdecke über den Mund. Nachdem er sich die Krümel von der Hose geklopft hatte, machte er sich daran, das Geschirr in die Spüle zu stellen. Bei dem Versuch, mit ausgestreckten Armen einige Kniebeugen zu absolvieren, richtete sich sein Augenmerk auf die Anrichte, wo er den Einkaufszettel abgelegt hatte, wie er glaubte. Den hatte er noch am späten Vorabend voller Vorfreude geschrieben. Verdutzt stellte er fest, dass er nicht dort lag, wo er ihn vermutete. Das konnte doch nicht sein! Er war sich sicher, dass er ihn unter den Porzellanhund gesteckt hatte, der mit offenem Maul die Anrichte zu bewachen schien.

»Werde ich denn jetzt auch schon vergesslich?«, fragte er sich. Desgleichen hatte es bei Hedwig angefangen. Ständig hatte sie etwas gesucht.

Herr Jonas schlug sich mit der flachen Hand vor die Stirn. »Natürlich«, rief er erleichtert, »in die Jackentasche habe ich ihn mir bereits gesteckt!«

Während er das Blatt Papier mit weit ausgestrecktem Arm zwischen den zitternden Fingern hielt, überflog er mit schmalen Lidern die Liste und wiederholte gedanklich jeden einzelnen Posten. Steinbuttfilet, Pfifferlinge, Rahmsoße, frische Kräuter, Kartoffeln, rote Grütze, Vanillesoße, eine kleine Tüte Gebäckmischung, löslicher echter Bohnenkaffee, Kaffeesahne, Wein, Whisky und zwei gute Zigarren. Bloß nicht vergessen, um nach einem Werbepäckchen Streichhölzer nachzufragen.

Ausgerüstet mit einer großen Einkaufstasche, in der sich auch besagte Dose mit den Fundmünzen befand, verließ er die Wohnung.

Es war nun wirklich an der Zeit, das reichlich angesammelte Kleingeld auszugeben. Schon zweimal hatte man seine Ersparnisse entwertet. Das letzte Mal im Jahre 2001. Immerhin waren es damals 102,74 DM gewesen, deren Wert einfach halbiert wurde. Aber das hatte er noch als eine höhere Gerechtigkeit angesehen, weil es im Grunde nicht sein Geld gewesen war. Jetzt hingegen empfand er keinerlei Skrupel mehr, sich davon einen schönen Tag zu machen.

»Guten Morgen, Herr Jonas«, quäkte ihn Frau Woyzeck in dem ihr eigenen Kauderwelsch aus Kölner Mundart und polnischer Heimatsprache an, als er durchs Treppenhaus kam.

Herrn Jonas blieb nichts weiter übrig, als stehen zu bleiben, weil sie ihm mit ihrem breiten Hintern den Weg versperrte. Gerade war sie dabei, den Treppenabsatz zu wischen.

»Nun warten Se mal, ich putz nur rasch das Wasser auf, damit Se mir nicht noch ausrutschen tun und Se die Stufen runter fallen!« Sie richtete sich kurz mit überraschtem Blick auf und strich mit der Handfläche eine vorwitzige Haarsträhne aus der verschwitzten Stirn. Pfiff sie dabei gar despektierlich durch die Zähne? »Ach so, dafür also musste ich Ihnen das weiße Hemd und die Anzugshose bügeln«, raunte sie ihm verschmitzt zu. »Na, Se sehen aber propper aus, haben Se was vor? Gehen Se heut nicht auf Streife?«

Herr Jonas wollte gerade wortlos weitergehen, da hielt sie ihn am Ärmel fest. Sie stutzte. »Ist es Ihnen nicht gut, Herr Jonas? Se haben ja das ganze Gesicht voll roter Flecke?«

»Das kommt vom Rasieren«, murrte er knapp.

»Lassen Se es gut sein, Herr Jonas, ich frag ja man nur. Ach so, und die große Tasche, Se gehen bestimmt einkaufen, was?«

Eben wollte Herr Jonas dieses beiläufig bestätigen, damit er endlich seine Ruhe bekäme, da fiel sie ihm auch schon wieder ins Wort.

»Ich wär ja gern für Se einkaufen gegangen, Herr Jonas, aber ich fahr gleich zu meiner Schwester nach Wuppertal. Ich wisch nur noch die Treppe fertig und schon bin ich fort!« Für einen Moment wurde ihr Blick grüblerisch. »Augenblick noch, lieber Herr Jonas, was ich Ihnen noch sagen wollte, die Zeitung lege ich Ihnen auf die Matte, bevor ich gehe. Ich komm doch nicht mehr dazu se zu lesen.«

Herr Jonas drängte sich genervt an ihr vorbei. »Die Zeitung kann ich jetzt nicht gebrauchen. Sie sehen doch, ich gehe einkaufen. Aber legen Sie sie nur auf den gewohnten Platz.«

Frau Woyzeck nahm rasch zwei Stufen auf einmal und überholte ihn schnaufend. Mit dem triefenden Putzlappen in der Hand stellte sie sich wiederum direkt vor ihn hin und sah neugierig lächelnd zu ihm auf. Säuselnd fragte sie ungeniert: »Se werden doch wohl kein Besuch bekommen, Herr Jonas?« Mit drohendem Finger beendete sie ihre anzügliche Fragerei.

»Also gut, liebe Frau Woyzeck, wenn Sie's genau wissen wollen: Ja, ich bekomme Besuch. Sind Sie nun zufrieden?«

»Na, na, sind Se mal nicht gleich beleidigt, Herr Jonas. Ich freu mir doch für Se, wenn Se mal Besuch bekommen. Immer so allein, das ist doch auch nicht gut für de Seele. Stimmt's?«

Herr Jonas wusste genau, dass er nicht gegen sie ankam und nickte deshalb zustimmend. »Einen guten Tag noch, Frau Woyzeck«, verabschiedete er sich schließlich kurz und knapp. Fast hatte er die unterste Treppenstufe im Parterre erreicht, da schallte es erneut von oben herunter. Mühsam brachte er seinen ungelenken Kopf in den Nacken und richtete einen erzürnten Blick zu der Frau hoch, die ihren schweren, fleischigen Busen beängstigend weit über das filigrane Geländer plumpsen ließ.

»Moment, Herr Jonas, Moment! Was ich Se noch fragen wollt. Haben Se auch so 'n unverschämtes Schreiben vom neuen Eigentümer bekommen? Das können wir doch nicht auf uns sitze lassen! Was meinen Se, Herr Jonas?«

Aber da schlug schon die Türe ins Schloss.

IV

Nicht erst seit dem Tag, als das vermaledeite Einschreiben im Brief-
kasten lag, hätte es Frau Woyzeck eigentlich aufgefallen sein müssen,
dass sich Herrn Jonas' Wesensbild in letzter Zeit doch arg verändert
hatte. So verließ er nicht mehr in der Regelmäßigkeit das Haus, wie
man es früher von ihm gewohnt war. Selbst seine geliebten alltägli-
chen Falschparkertouren reduzierten sich nur noch auf die nähere
Umgebung. Zum einen, weil die Beine nicht mehr recht wollten, und
zum anderen, weil die Menschen keinen Respekt mehr vor ihm zeigten. Selbst dann nicht, wenn er ihnen mit einer Anzeige drohte. Vor
allem aber hatten sie keine Ehrfurcht mehr vor seinem Alter. Es gab
sogar Zeitgenossen, die störte es unverhohlen einen feuchten Keh-
richt, ob er sie aufschrieb oder nicht. Neulich hatte man ihn sogar
ausgelacht. Direkt ins Gesicht gelacht hatte man ihm und gleichzeitig mit dem ausgestreckten Finger auf seine Warze gezeigt. Darüber
hinaus wusste Herr Jonas auch nicht, dass seine nunmehr mit der
Post eingereichten »Knöllchen« ohnehin ungelesen im Papierkorb
landeten, denn den beschwerlichen Weg zum Polizeipräsidium in
der Friedrich-Engels-Allee schaffte er nicht mehr. Gut, dass er es
nicht wusste, denn das hätte ihn vollends verstört. Was, wenn man
es genau betrachtet, ein Segen für ihn war, denn somit verringerte
sich für Herrn Jonas indes die Gefahr, von dem einen oder anderen
aufgebrachten Bürger hinterrücks am Schlafittchen gepackt zu werden. Bekanntermaßen gab es tatsächlich Zeitgenossen, deren Nerven
diesbezüglich blank lagen.

Krieg das also ein Fingerzeig von oben? Erst neulich stand in der
Zeitung, dass zwei jugendliche Rowdys einen Rentner halb zu Tode
geprügelt hatten, nur weil dieser sie freundlichst darauf hinwies,
nicht einfach ihren Abfall auf die Straße zu werfen. Möglicherweise
hatte Herr Jonas durch die zunehmende Gegenwehr, die auch ihm

offensichtlich und ohne Scheu entgegengebracht wurde, einfach nur die Einsicht gewonnen, dass dieses sinnlose Kontrollieren nichts weiter war als eine beinahe krankhaft zu nennende Marotte? Ein psychischer Defekt?

Und so fragte er sich immer öfter, ob er krank im Kopf war oder die anderen. Warum tat er das überhaupt, diesen selbstherrlichen Gerechtigkeitsfimmel bis zum Exzess auszuüben? Alles hatte angefangen, als er vor 36 Jahren einen Autounfall verursacht hatte. Und nur deshalb, weil ein dreister Falschparker direkt hinter einer uneinsehbaren Kurve leichtfertig, ja geradezu sträflich sein Auto abgestellt hatte. Das Heck ragte zu weit in die Straße hinein, darum war er in diese Mistkarre gefahren, wie er dem Polizisten am Unfallort wutschnaubend entgegenschmetterte. An diesem verhängnisvollen Tag, an dem man ihn von Staatswegen obendrein für schuldig sprach, was in ihm größtes Unverständnis auslöste, wurden in Herrn Jonas' Augen Ordnung und Gerechtigkeit mit Füßen getreten. Ganz abgesehen davon, dass sein sauer ersparter Käfer, den er Mitte der 6oer günstig aus vierter Hand erworben hatte, von dieser tragischen Stunde an für alle Zeiten »flugunfähig« war. Ach, was für schöne Touren hatten er und Hedwig bis dahin mit dem flotten Wagen unternommen. Über den Brenner bis nach Italien waren sie gefahren. Und an den herrlichen Sommerwochenenden all die attraktiven Ausflüge an den Rhein. Zum Deutschen Eck, nach Linz oder bis nach Rüdesheim runter. Und dann durften natürlich all die herrlichen Augenblicke nicht außer Acht gelassen werden, zu denen man sich an den romantischsten Ecken zum Picknick niedergelassen hatte. Schließlich waren das die Momente gewesen, nach denen er sich in langer, entbehrungsreicher Gefangenschaft sehnte. Und als diese tatsächlich eintrafen, sein Traum wahr wurde, glaubte er nach dem verheerenden Krieg und dem totalen gesellschaftlichen Zusammenbruch wieder an eine bessere Zukunft für Deutschland. An eine glückliche Zukunft mit Hedwig und den beiden herzigen Kindern, Peterle und Traudelchen. Und dann das!

Da musste er doch eingreifen. Lag es denn nicht an ihm, das gleichgültig gewordene Volk zu warnen, aufzurütteln? Schließlich war er auf dem Ordnungsamt beschäftigt gewesen und hatte es doch jeden Tag gesehen, was da an haarsträubendem Fehlverhalten der Bürger über seinen Schreibtisch ging. Er empfand es inzwischen als einen Niedergang des christlichen Abendlandes. War denn alles falsch gewesen, was Generationen vor ihm geprägt hatten? Vor allem: Sollte denn der neu gegründete, hoffnungsvolle Staat schon in seinen Anfängen verludern? Nein, dem wollte er – musste er, solange sein Atem reichte – mit allen ihm zur Verfügung stehenden Mitteln entgegenwirken. Da sah er auch geflissentlich darüber hinweg, dass man ihn öffentlich bedrohte, nicht selten bespuckte und ihm abscheuliche Schimpfworte nachrief. Herr Jonas ging unbeirrt seinen Weg der gerechten Sache, die ihm in einem langen Leben in Fleisch und Blut übergegangen war.

Dass Hedwig nicht nur wegen seiner skurrilen Anwandlungen seelisch litt, bemerkte er dabei nicht. Es gab nur wenige Vertraute in der Nachbarschaft, denen sie bei einer guten Tasse Bohnenkaffee und einem Stück selbst gebackenen Kuchen ihr Herz öffnen konnte. Wenn noch ein Gläschen Eierlikör hinzukam, passierte es gelegentlich, dass sie der aufmerksamen Zuhörerin schluchzend ihr Leid klagte. Ein tränennasses Taschentüchlein in der Hand haltend, brachte sie mit vom Alkohol gelöster Zunge sogar Dinge zur Sprache, die weiß Gott nicht für fremde Ohren bestimmt waren. Zum Beispiel jammerte sie in einem solchen Fall ungeniert, dass sie schon einmal verheiratet gewesen war und zwei reizende Kinder mit in die Ehe mit Friedbert Jonas gebracht hatte. In dramaturgisch perfekt initiierten Abständen entfuhr ihr dann für gewöhnlich, quasi in einem Ausdruck von Verzweiflung, das kleine Wörtchen »fuchbar«. Alles war einfach »fuchbar«. Wie oft schon hatte sich Herr Jonas über dieses blöde »fuchbar« aufgeregt, das ihr immer dann entfuhr, wenn sie besonders erschüttert war. Anfangs noch hatte er versucht, sie zu korrigieren, indem er ihr »Furchtbar, Hedwig, furchtbar!« entgegenschrie. Das aber erwies sich im Nachhinein als zwecklos. Dieses »fuchbar« war für Herrn Jonas deshalb ein rotes Tuch, weil es mit Hedwigs erster Ehe eng zusammenhing. Denn zu Beginn ihres Techtelmechtels entfuhr ihr immer dann dieses »fuchbar«, wenn sie den Namen Matthias Frohwein hervorschluchzte. Das ließ Herrn Jonas auf Kommando das Blut in den Schläfen pochen. Schließlich war es doch dieser halbseidene Matthias Frohwein gewesen, der seine Hedwig aus dem Dornröschenschlaf der Jugend erweckt hatte, und nicht er. Er war es schließlich gewesen, der sie nach dem versunkenen Kaiserreich und inmitten der ungeheuerlichen Repressalien des Ersten Weltkrieges aus Armut und Leid hinaus in eine zauberhafte Zukunft führen wollte. Und bald darauf schon gebar sie nicht nur ihm, sondern auch dem verheißungsvollen Führer Adolf Hitler, sozusagen für Volk und Vaterland, zwei wahrhaft goldige Kinder. Zuerst kam der stramme Peter auf die Welt und schließlich, im Abstand von einem Jahr, die reizende Traudel. Peterle und Traudelchen rief man sie liebevoll. Sie waren es, die das alltägliche Glück für Hedwig perfekt machten. Aber das Glück war nicht irgendein beliebiges Möbel, das man sich als zweckdienliche Aussteuer überall kaufen konnte und einfach so zur eigenen Freude und Nutzen ins traute Heim stellte! O nein, das Glück war ein Greifen nach dem Wind; und wenn man glaubte, es ergriffen zu haben, stellte man enttäuscht fest, dass die Hand leer war.

Desgleichen wurde Matthias Frohwein zum Synonym für das flüchtige Glück, denn als das Glück am treusten erschien, fiel er als Soldat irgendwo in der fremden Ferne, wo mitleidige Kameraden ihn sang- und klanglos verscharrten. Und sie, Hedwig, seine angetraute Prinzessin, stand über Nacht inmitten von Trümmern, ohne Eltern und ohne Mann, aber mit zwei kleinen Kindern da.

Was aber war Glück überhaupt?

Später, sehr viel später gelangte Hedwig zwangsläufig zu der Erkenntnis: Glück ist es, wenn man nicht mehr merkt, dass man unglücklich ist. Glück ist Zufall, doch Zufall ist nicht immer Glück.

Nachdem Hedwigs Welt im wahrsten Sinne des Wortes in Trümmern lag, erschien Friedbert Jonas auf der Bildfläche. Er wohnte von Kindheit an nicht weit von ihr entfernt. Genau wie Tausende andere wurden er und Hedwig in einer dieser fürchterlichen Nächte ausgebombt. Bis dahin kannten sich beide nur vom Grüßen her, auch wenn sie eine Zeit lang dieselbe Schule besuchten. Da Hedwig allerdings einige Jahre älter war als er, kam es nie zu einem engeren Kontakt. Was sie aber plötzlich im Seelenleid miteinander einte, war, dass beide bei diesem fürchterlichen Angriff Vater und Mutter verloren. Friedbert Jonas, der kurz darauf seinen Heimaturlaub antrat, konnte es lange Zeit nicht überwinden, dass seine starrsinnigen Eltern trotz der drohend brummenden Fliegerverbände, die den Himmel bebend erzittern ließen, nicht die Wohnung verlassen wollten. Im Rock des Führers kletterte er über die Steinhalden und suchte in den Trümmern nach dem, was endgültig verloren war. Hedwig, die mit ihren beiden Kindern an der Hand zufällig an dem Anwesen der Jonas' vorüberkam, blieb stehen und schenkte ihm ihre Aufmerksamkeit, indem sie erschüttert »fuchbar« ausrief. Da richtete Herr Jonas sich überrascht auf und winkte ihr zu, worauf Peterle und Traudelchen ihn voller Freude »Papa« nannten.

Von da ab wohnte Friedbert Jonas als der gute Onkel bei Hedwig und den Kindern, weil deren Wohnung beinahe unversehrt geblieben war und man schweres Leid am besten gemeinsam teilte. Um allem Gerede von einem unsittlichen Treiben aus dem Wege zu gehen und – nicht minder logisch begründet – damit die Kinder wieder einen Vater bekamen, wurde, noch kurz bevor Herr Jonas zurück ins Schlachtgetümmel musste, standesamtlich geheiratet. Unversehens war Herr Jonas somit Ehemann und Vater geworden, und Hedwig hieß amtlich nunmehr Frau Hedwig Jonas. Allein diese Tatsache, für eine Familie verantwortlich zu sein, hielt ihn in den Kriegswirren aufrecht. Das gab ihm bei all dem Schrecklichen die Kraft, durchzuhalten. Und Hedwig? Sie hatte sich dem Schicksal völlig ergeben, mochte es auch noch so »fuchbar« sein. An was sollte sie sich denn sonst klammern, wenn nicht an den Mann und die Kinder? Aber wenn sie in manch einsamen Stunden des Alleinseins an ihren Friedbert dachte, der ja irgendwie zufällig der ihre geworden war, drängte sich jedes Mal in ungebührlicher Weise der tote Matthias Frohwein breit und stark zwischen sie. War er es doch gewesen, der ihr zu Lebzeiten all das gegeben hatte, was eine junge, lebenshungrige Frau dem Leben abverlangen wollte und musste. Auf was sollte sie demnach zurückblicken, wenn sie an Friedbert dachte? Keine heiße Leidenschaft entzündete ihr Herz, wenn er ihr in den Sinn kam. Selbst die beiden Nächte, in denen sie holprig und ungeschickt intim miteinander wurden, vermochten es nicht, die Glut der Leidenschaft auch nur ein ganz klein wenig in ihr zu entfachen. In den Jahren ihrer Ehe hatte Friedbert Jonas nur zweimal mit ihr geschlafen. Nämlich in der Hochzeitsnacht und am Abend, bevor er wieder ins Feld zog. Dabei versuchte sie sich in jener letzten Nacht dazu zu zwingen, ihm beim Abschied ein wenig Zärtlichkeit und eine schöne Erinnerung an sie ins Marschgepäck zu packen. Aber sie hatte, während sie sich nackt und verführerisch im frisch bezogenen Bett rekelte, immer das Gefühl gehabt, auf seine unappetitliche Warze über dem Mund starren zu müssen. So löschte sie im Schlafzimmer das Licht und schloss zudem noch fest die Augen, obwohl es ringsherum auch ohnehin stockfinster war.

Diese Dunkelheit war wohl wie ein Omen, denn richtig hell war es in ihrer Ehe auch in den folgenden Jahren nie geworden. Wenn es allgemein hieß, dass es in jeder Ehe Höhen und Tiefen gab, dann allerdings fehlten in ihrem Bund fürs Leben absolut die Höhen. Wem aber konnte man dafür die Schuld geben?

Sicherlich war es nicht Herrn Jonas' schuld gewesen, dass er »untenrum« als Krüppel aus der Gefangenschaft zurückkam. Der als Ehegatte den Namen Begatter nicht mehr verdiente. Oft noch in den Nachkriegsjahren überfielen ihn mit Schaudern die Bilder aus dem Lager, als er von den eigenen Kameraden fast massakriert wurde. In diesen Stunden hatte er das Beten angefangen. Und seltsam – immer, wenn er sein Flehen in den Himmel geschickt hatte, kam dieses Flehen als ein tröstliches Bild hernieder. Hedwig sah er dann, die um ihn weinte, und sogar die frischen, rotwangigen Gesichter der Kinder, die nicht die seinen waren, gaben ihm Hoffnung und Zuversicht. Sogar an Gerechtigkeit glaubte er wieder, als einer seiner Quäler bei einem Fluchtversuch erschossen wurde und zwei andere still und leise, ohne großes Aufsehen und nicht unweit der besudelten Latrinen, an Typhus krepierten. Des Weiteren schienen ihm seine Gebete als erhört, weil ein Mann mit dem Namen Konrad Adenauer dafür gesorgt hatte, dass er und seine Kameraden nach fast zehn Jahren Kriegsgefangenschaft endlich wieder in die Heimat zurück durften. Schon bald darauf wurde das Sammellager Friedland für Friedbert Jonas zum »Geburtsort« für eine Zukunft, die er sich in manch einer dieser eisigen und einsamen russischen Nächten ersehnt und erfleht hatte. Eine rosig angemalte Zukunft mit Hedwig und den Stiefkindern wünschte er sich, die von nun an friedfertiger werden sollte als alles, was man bisher vom Schicksal aufgebürdet bekam.

Doch zunächst tat sich bei der Ankunft im Übergangslager ein Bild des Jammers auf. Ausgemergelte Ankömmlinge schleppten sich wie matte, schwache Gespenster aus der Vergangenheit durch die Reihen Wartender. Mager und ausgehungert traten sie einer inzwischen einigermaßen wohlgenährten, fremdartigen Zeit entgegen, die so gar nichts mehr mit der zu tun hatte, welche sie zum Wohle und Nutzen ihres Vaterlandes einst so siegessicher verlassen hatten. Überall ausgezehrte und weinende Männer in zerlumpter Kleidung, die Angehörige umarmten, die ebenfalls vor Rührung und Erleichterung weinten. Aber auch klagende Umherirrende sah man, die nicht denjenigen fanden, auf den sie all die Jahre sehnsüchtig gehofft hatten.

Auch Hedwig rannte mit ausgebreiteten Armen und Tränen in den Augen ihrem Friedbert entgegen, der während der langen Zeit des Wartens ihrem Herzen sehr viel näher gerückt war. Die Sehnsucht nach der vertrauten Wärme eines Menschen und das ewige Verlangen nach Geborgenheit waren es wohl gewesen, warum er ihr in der Zwischenzeit im Geiste sehr viel näher gekommen war. Aber wo waren die Kinder abgeblieben?

In einer ergreifenden Szene kam es dazu, dass der geschwächte Herr Jonas seine Frau stützen musste.

»Tot«, stotterte sie dem Zusammenbruch nahe, »sie sind tot … beide tot!«

Obwohl Herr Jonas in den vergangenen Monaten seiner Lagerhaft ab und zu Post von Hedwig empfangen durfte, hatte sie vielleicht aus Scham oder aber aus Gründen der inneren Nichtüberwindung nichts vom Tod der Kinder mitgeteilt. Deshalb traf ihn die Nachricht wie ein Keulenschlag. Nun war allerdings der mit fremden Menschen angefüllte Bahnsteig nicht der passende Ort, solch ein intimes und tragisches Ereignis zu besprechen. Überhaupt blieb Hedwig auch nach ihrer Beichte diesbezüglich stumm. Man sah ihr deutlich an, dass sie sich quälte, darüber zu reden. Waren es Schuldgefühle?

Zwei lange Wochen ließ sie ihn im Ungewissen darüber, woran Peterle und Traudelchen letztendlich verstorben waren. Auch da fiel es ihr noch schwer, das Wort *Diphtherie* über ihre Lippen zu bringen. Manchmal, im Laufe der darauf folgenden Zeit, fielen Herrn Jonas hin und wieder so eigenartige Gedanken an, als wäre der Tod der Kinder vielleicht ein Wink des Schicksals gewesen. So eine Art epochalen Großreinemachens? Der Führer war es doch gewesen, der sich viele Kinder wünschte, und Hedwig hatte sie ihm geschenkt! Sollte die braune Vergangenheit sozusagen mit Stiel und Wurzel ausgerissen werden? Und doch, wenn er in Hedwigs trauernde Augen blickte, verdrängte er diesen Anflug von Ungehörigkeit schnell.

Aus heutiger Sicht betrachtet, hatte es fast ein ganzes Leben dazu gebraucht, bis Herr Jonas zu der Überzeugung gelangte, dass alles so kommen musste, wie es letztendlich gekommen war. Es gab kein Schicksal, sondern nur Fügung, auf diesem Standpunkt beharrte er. Der Mensch denkt und Gott lenkt! Wie anders sollte man sich auch gegen das munter vorwärtsdrängende Leben stellen sollen? Nein, nein, das Leben war mitunter eine toll gewordene Stampede von Ereignissen, die man auch nicht dadurch aufhielt, indem man sich ihr mutig entgegenstellte oder zu flüchten versuchte oder sich vor dem Unweigerlichen im Kreis drehte. Da hieß es nur: Augen zu und durch und sich von der entfesselten Macht im Rücken nach vorne treiben lassen. Nicht ausbrechen und nicht dagegenstellen, bis zum bitteren Ende! Bei ihm hatte es doch auch geklappt, nun schon 88 Jahre lang.

Für Herrn Jonas waren es rückblickend nicht nur eine Anzahl schlechter Jahre gewesen, wie er des Öfteren der Woyzeck treuherzig bekundete, wenn sie ihn ein wenig zu übertrieben bemitleidete. Im Nachhinein, so stellte er schließlich an Jahren gereift fest, hätte er gar keine eigenen Kinder haben wollen. Und schon gar keine Kuckuckskinder. Gnädig betrachtet hatte ihm das Leben trotz all der Widrigkeiten alles gegeben, was er brauchte. Und was er wirklich brauchte, konnte er mit Namen benennen: Hedwig! Sie hatte ihm, bis zu ihrer Krankheit, all die Jahre zur Seite gestanden, war nur für ihn da gewesen. Nun hatte er sich selbst und Peterle, seinen Vogel, das genügte ihm vollkommen! Eigentlich war die diffizile Namensnennung für das Tier eine vordergründig taktlose, vielleicht schon zynisch zu nennende Entgleisung von ihm gewesen. Anderseits aber geschah es, dass sich durch die häufige, schon beinahe zärtliche Nennung des Namens Peterle allmählich nicht nur eine tiefe Zuneigung dem Vogel gegenüber einstellte. Nein, damit öffnete er auch sein Herz für das viel zu früh verstorbene Knäblein, dem er – mit einer gewissen Art von Erleichterung – nie ein sorgender Stiefvater werden brauchte. Der Junge und das Mädchen wären doch fremdes Fleisch und Blut gewesen, welches fordernd an seinem Tisch gesessen hätte. Wäre es nicht so gekommen, dass sich die leibliche Mutter bei jedem Zwist zwischen ihm und den Kindern auf die Seite der fremden Brut geschlagen hätte? Verstockt waren sie ihm gegenüber, von Anfang an. Noch nicht einmal gewunken hatten sie beim Abschied, als er sie bei der Abfahrt des Zuges in den Krieg zum letzten Mal sah!

V

Frau Woyzecks schrille Stimme durchschnitt die Stille des Treppenhauses.

»Se sollen doch nicht so schwer tragen, Herr Jonas, wie oft hab ich Ihnen das schon gesagt. Ach du liebe Güte, nun sieh mal einer zu, was haben Se für ne Menge eingekauft. Die Tasche platzt ja gleich aus alle Nähte!«

»Es ist schon gut, Frau Woyzeck, halb so schlimm.«

»Wer kommt Se denn besuchen, Herr Jonas, oder kommen mehrere Leute? Se bekommen doch sonst nie Besuch, Herr Jonas, ich dachte, Se haben zu keinem mehr Kontakt? Haben Se vielleicht Geburtstag? Herrje, das muss einem doch gesagt werden, dass Se Geburtstag haben. Nun hab ich gar nichts für Se besorgt. Aber ich werd Ihnen was mitbringen, wenn ich von meiner Schwester zurückkomm, Herr Jonas, das verspreche ich Ihnen!«

»Ich ... habe ... keinen ... Geburtstag heute!«, brüllte Herr Jonas und schlug keuchend die Türe hinter sich zu.

»Die Zeitung hab ich auf die Matte gelegt!« Das waren die letzten Worte, die er von ihr hörte. Sonderbar, die Zeitung hatte er beim Eintreten in seine Wohnung völlig ignoriert. »Lästige Kanaille«, zischte er, während er immer noch außer Atem die pralle Einkaufstasche auf den Küchentisch abstellte. »O schau mal, was ich alles mitgebracht habe«, säuselte er plötzlich wie verwandelt dem Vogel entgegen, der daraufhin munter geworden seine Flügel reckte.

»Ja ja, Hedwig.« Mit einem Lächeln wandte er sich dem Foto zu. »Das wird ein Festtag! Habe ich bei dir schon einmal Steinbuttfilet bekommen? Ich kann mich nicht daran erinnern.« Immer noch vergnügt winkte er ab. »Na ja, wovon hättest du ihn auch bezahlen sollen? Ich hätte dir für solch einen Luxus sicherlich keinen Pfennig rausgerückt. Aber heute, heute habe ich sogar mein gesamtes Fundgeld aus der Dose dafür geopfert. Nun stell dir vor, Hedwig, das freche Gör von Kassiererin wollte mich empört wegschicken, als ich ihr den schönen Haufen Münzen aufs Band geschüttet habe. Ein Gesicht hat sie gemacht, als hätte ich ihr geradewegs Hundescheiße vor die Nase gelegt«, lachte Herr Jonas auf, wobei er seine Hände schützend auf die Leisten pressen musste.

Eigentlich lachte Herr Jonas so gut wie nie. Er hatte nämlich die Lebenserfahrung gemacht, dass Lachen sich jedes Mal rächte. Gerade lachte man noch, schon folgte der Dämpfer. Überhaupt hatte es sich Herr Jonas zu eigen gemacht, von allem, was das Leben zu bieten hatte, nicht zu viel zu erwarten. Denn wer erwartete, konnte enttäuscht werden, wer aber nichts erwartete, brauchte sich anschließend nicht zu grämen. Diese Taktik hatte er schon in frühster Kindheit erfolgreich entwickelt. Sich nur nicht in den Vordergrund spielen, das wurde zu seiner Devise, denn so schürte man bei seinem Gegenüber nur eine Erwartungshaltung, die man später aus vielerlei Gründen nicht immer erfüllen konnte. Und wie stand man dann da, wenn man sie nicht erfüllte? Nein, dann lieber für dumm gehalten werden und die anderen ab und zu mit schlauen Dingen überraschen, das war viel effektiver. Sich dumm stellen war doch viel einfacher als umgekehrt.

Für seine logisch zurechtgelegte Lebensphilosophie hatte er immer das Bild eines Schwimmers vor Augen, der sich ohne große Anstrengung auf der Wasseroberfläche treiben ließ. Geriet dieser in Gefahr, unterzugehen, nahm er kurz strampelnd Arme und Beine zu Hilfe, bis er wieder ruhig vor sich hin in dümpelte. Warum also sollte er ständig wie wild kraulen? Hauptsache nicht untergehen!

Jetzt aber! Herr Jonas klatschte in die Hände. Nun musste er wirklich mit seinen Vorbereitungen beginnen. Er sah auf die Uhr, deren Zeiger gerade auf kurz vor zwölf rückte. Die Zeit drängte. Das Rezept *Steinbuttfilet in Rahmsoße an frischen Pfifferlingen* aus der Wochenendbeilage der Zeitung lag bereit. Unternehmungslustig zog er die gute Anzugjacke aus und hängte sie akkurat auf den Bügel, um diesen wiederum an den Türgriff vom Schrank zu deponieren. Anschließend krempelte er sich die Ärmel des Hemdes bis weit über die Ellenbogen hoch und schaltete den *Löwe Opta* an. Während er alle Vorarbeiten für die Zubereitung eines voraussichtlich köstlichen Mahls traf, wollte er nebenbei die Nachrichten anhören, obwohl er nicht mehr viel von dem verstand, was er da tagtäglich zu hören bekam. Ihm kam es inzwischen so vor, als sei seit jenem 11. September 2001, als in New York die Flugzeuge in die beiden Hochhaustürme geflogen waren, die Welt vollkommen aus den Fugen geraten. Er wurde den Eindruck nicht mehr los, als wäre dadurch das Morgenland aus einem 1000-jährigen Schlaf auferweckt worden. Bewahrheitete sich durch diesen fürchterlichen Anschlag etwa die Prophezeiung von der Endzeit aus der Bibel? Der Terror und die Zerstörung in den Straßen von New York kamen ihm jedenfalls wie die Parabel von Babylon vor, worin in der Heiligen Schrift eindeutig und unmissverständlich die Großmannssucht der Menschen und deren Ende aufgezeichnet waren.

Noch in diesen Stunden des Schreckens, als die Nachrichten pausenlos davon berichteten, las Herr Jonas prüfend in der Schrift, was ihm seit seinem Konfirmandenunterricht nur noch schwach im Gedächtnis geblieben war. Und er las:

Weh, weh, du große Stadt, die bekleidet war mit köstlicher Leinwand und Purpur und Scharlach und übergoldet war mit Gold und Edelgestein und Perlen, in einer Stunde ist verwüstet solcher Reichtum! Und alle Schiffsherren und alle Steuerleute und die Seefahrer und die auf dem Meer hantieren, standen von ferne und schrien, da sie den Rauch von ihrem Brande sahen, und sprachen: Wer ist gleich der großen Stadt? Und sie warfen Staub auf ihre Häupter und schrien, weinten und klagten und sprachen: Weh, weh, du große Stadt, in welcher wir reich geworden sind, alle, die da Schiffe im Meere hatten, von ihrer Ware! Denn in einer Stunde ist sie verwüstet!

Nein, all das verstand er nicht mehr. Vor seinem inneren Auge zerbrachen nicht nur Stein und Bein, in seiner Vorstellung zerbrach auch ein von ihm mühsam errichtetes Weltbild! Allein die Tatsache, dass bereits Jahre zuvor die Mauer in Berlin gestürzt wurde, hatte ihn in gewaltige Unruhe versetzt. Denn damit, so meinte er jedenfalls, wäre ein Ungleichgewicht der politischen Kräfte in der Welt eingetreten, deren Folgen in ihrer Gänze noch nicht abzusehen waren. Auch diese

Tatsache könnte ein vorangegangener Wegbereiter dafür gewesen sein, die Waagschale der Kulturen ins Ungleichgewicht geraten zu lassen. Denn da, wo man sich seiner Vergangenheit entledigt, bekamen die mehr Gewicht, die sich unter der Fahne der Gleichgesinnung zusammenrotten. Der Orient begehrte auf. Er wollte anscheinend erreichen, was anderswo längst dem Untergang geweiht war. Und wo der eine Schwäche durch Nachgiebigkeit zeigte, gewann der andere naturgemäß an Stärke. Nachgiebigkeit blieb Nachgiebigkeit, auch wenn sie unter dem Deckmäntelchen der Toleranz daherkam. Toleranz war auch so ein Wort, das Herrn Jonas automatisch rote Flecken ins Gesicht zauberte. Einem Mantra gleich quäken alle Münder das Wörtchen Toleranz hervor. Herr Jonas aber war nicht von seiner Meinung abzubringen, dass Toleranz in seiner Konsequenz immer auch Intoleranz gegen sich selbst ausdrückt. Und außerdem, wenn er von den Aufständen, Kriegen und Gewaltaktionen im Morgenland hörte, worüber sein Radiosender von früh bis spät berichtete, fragte er sich immer wieder, was er, er ganz persönlich, damit zu tun hatte. Was eigentlich gingen ihn die radikalen muslimischen Stämme an, die sich irgendwo im Wüstensand untereinander fanatisch niedermetzelten? Ja, verdammt noch mal, was hatte ihn das zu jucken? Er hätte ja noch nicht einmal jemanden gehabt, der ihn kratzte! Und überhaupt, warum sollte er Mitleid mit denen haben? Sollten die sich doch vertragen! Vielleicht sogar noch dafür spenden, dass sie sich etwas länger die Köpfe einschlagen können? Er war doch nicht blöd! Schließlich war es doch der Westen gewesen, vor allem die Amis, die er sogar noch mehr hasste als die Russen, die unter der glorreichen Fahne von Scheindemokratie und des lieben Friedens willen mit Bomben und Waffen die Machtverhältnisse im Nahen Osten außer Kraft gesetzt hatten, sodass ehemalige Verbündete zu Feinden wurden und Feinde zu Verbündeten. Wer kannte sich da noch aus? Das glich doch einem rechten Unfug, dass man in alle Welt Waffen lieferte und gleichzeitig medienwirksam drohte, wenn sie auch benutzt wurden.

Nein, nein und nochmals nein, das alles verstand er nicht mehr. Er empfand es auch als blanken Irrsinn, dass ein Friedensnobelpreisträger Menschen, egal ob Männer, Frauen oder Kinder, hinterrücks und heimtückisch mit ferngelenkten Drohnen in Stücke reißen durfte, nur weil sie mit ihren Umhängen wie Terroristen aussahen. Das war einfach alles zu hoch für ihn, das war nicht mehr seine Welt! Man hatte ihn quasi dazu gezwungen hinzunehmen, dass entgegen seinem Willen inzwischen mehr und mehr Kaftanträger, Muselmänner und wer sonst nicht alles durch seine Welt, oder besser ausgedrückt, durch seine Heimatstadt laufen. Und nicht nur das, sie kamen inzwischen als selbstbewusste Nachbarn daher. Menschen, die er bisher nur aus Karl May-Büchern kannte.

Oje, da hätten die Drohnen viel zu tun. Er stellte sich weiß Gott die Frage, wer wohl unbemerkt ein Trojanisches Pferd ins Land geschleust hatte? Mit Trojanischem Pferd bezeichnete Herr Jonas in seiner zynischen Art die Bäuche der Migrantenfrauen. Wo sollte das denn noch hinführen? Hatten dafür Millionen Menschen im Zweiten Weltkrieg ihr Leben lassen müssen? Hatte er, er persönlich, dafür gekämpft?

Was er aber als besonders paradox empfand, war die Tatsache, dass sehr viele derer, die sich heute moralisch über diese Vergangenheit erhoben, gar nicht auf der Welt wären – ohne die Folgen des Krieges, die von Flucht und Völkerwanderung geprägt wurde! Sie wären einfach nicht geboren worden! Wozu überhaupt hatte er all die Jahre aufopferungsvoll versucht, für Ordnung in seiner Stadt zu sorgen, wenn jetzt, wie er nicht weit von ihm entfernt mit ansehen musste, der Müll einfach mir nichts dir nichts aus dem Fenster entsorgt wurde? Die Politik hatte sich weltweit so miteinander verwoben, dass er es als »kleiner Bürger« nicht mehr zu durchschauen vermochte und eigentlich auch nicht mehr durchschauen wollte, wessen Interessen – in der Regel auf seine Kosten – befriedigt werden sollten. Allein die Lüge erwies sich dabei immer häufiger als Machtinstrument. Das hatte es zwar schon immer gegeben, dass man Lügen als Mittel einsetzte, aber jetzt war die Lüge gesellschaftsfähig geworden, wo man den Lügner nicht mehr ächtete, sondern obendrein mit Posten und Orden belohnte. Nein, es gab nur ein Fazit, nämlich dass keinem mehr zu trauen war.

Wo er, Friedbert Jonas, von der politischen Gesinnung her stand, vermochte er gar nicht genau zu definieren. Sicher, eine Diktatur war aus Gründen der individuellen Freiheit grundsätzlich abzulehnen. Aber er war sich in der heutigen Zeit nicht mehr so recht schlüssig, wo genau eine Diktatur anfing und wo sie aufhörte. Denn die Freiheit des Einzelnen wurde doch schon dann beschnitten beziehungsweise indirekt Gewalt angewandt, wenn eine bestimmte Elite im Lande aus reiner Profitgier dem Bürger das elementare Lebensrecht auf Arbeit vorenthielt. Wenn er nicht seine Meinung öffentlich sagen durfte, ohne als Nazi beschimpft zu werden. Wenn man ihm das Recht auf bezahlbaren Wohnraum verweigert. Ganz abgesehen davon war es in seinen Augen ein Skandal, dass es mittlerweile so weit gekommen war, dass er im letzten Winter nicht nur einmal in seiner Wohnung frieren musste. Ganz zu schweigen davon, dass er überdies im Dunkeln saß, nur weil ihm fortwährend der Gas- und Strompreis erhöht wurde und er nicht bereit dazu war, sein Geld durch den Schlot zu jagen. Doch zu allem Übel *jagte* man ihn jetzt in persona aus seiner heimeligen Wohnstatt heraus.

Was dachte sich diese Bande eigentlich? Seine Wohnung bestand doch nicht nur aus einem schnöden Dach über dem Kopf und den vier tapezierten Wänden drum herum. In den über fünfzig Jahren war sie ihm doch zu einem ganz intimen Lebensraum geworden. Das war doch wohl an Dreistigkeit nicht mehr zu überbieten! Ihm stahl man einfach ein Stück Heimat. Wer kannte sich da noch aus?

»Scheiß Demokratie!«, fluchte er laut. »Hitler war ein Diktator, da gab es nichts dran zu rütteln, aber in der Demokratie gibt es viele Diktatoren. Hast du gehört, Peterle, viele Diktatoren! Die verstecken sich alle unter dem Deckmäntelchen des Kapitals. Und die Menschen gehorchen, weil man sie mit allerlei Unfug dressiert hat, den sie nicht brauchen, den sie aber unbedingt haben wollen. Schau nur dich an, Peterle. Wenn ich dir einen Hirsekolben in den Käfig hänge, dann freust du dich darüber, und vielleicht magst du mich auch deswegen? Aber dabei vergisst du, dass ich dich eingesperrt habe! Nennst du das Freiheit? Bin ich nun gut zu dir oder nicht?«

Herr Jonas kratzte sich den Hinterkopf. »Sicher«, fuhr er fort, »seit über 60 Jahren muss hier in diesem Land keiner mehr wegen der Bombenangriffe in den Keller. Das ist der Demokratie hoch anzurechnen.« Wieder stutzte er für einen Moment. »Obwohl«, sagte er dann abwiegelnd, »im Land ist zwar Friede, das ist richtig, und doch liefert dieses friedliche Land Waffen an andere unfriedliche Länder, womit dann deren Söhne, Frauen und Kinder totgeschossen werden.« Und dann fielen ihm wieder die zerstörten Türme ein, die ja auch mitten im Frieden zusammengefallen waren, geradeso wie im Krieg. »Ach, Peterle«, seufzte er, »der Mensch, der eigentlich das Beste will, tut doch immer nur das Böse, das er nicht will. Aber das werden du und ich nicht mehr verstehen können! Eines jedoch weiß ich. Wenn sie so weitermacht, diese Demokratie, wird es erneut einen lauten Knall geben!« Wieder stöhnte er auf. »Dennoch, alles hat seine Fügung, Peterle. Alles ist Fügung!«

So als benötigte es noch eines Kommentars, fügte er verächtlich an: »Doch vor allem, Peterle, muss man sich vor den Sozis hüten!«

Es hatte in der letzten Zeit tatsächlich immer häufiger Momente gegeben, wo sich der alte Herr Jonas nach einem Kaiser zurücksehnte. Denn bei dieser Staatsform, so meinte er, läge die Gewichtung des Zusammenlebens glasklar auf der Hand. Zum einen die unabdingbare, aber berechenbare Vaterlandstreue zum Kaiser, zum anderen die hingebungsvolle Pflichterfüllung gegenüber Gott. *Gebt dem Kaiser, was des Kaisers ist, und gebt Gott, was ihm gebührt!* Nur so kann ein Staatswesen, letztendlich zum Wohle aller, in Zucht und Ordnung gedeihen und funktionieren, dessen war er sich mehr und mehr sicher, auch wenn der letzte Kaiser sich feige nach Holland aus dem Staub gemacht hatte.

Die Kartoffeln waren geschält. Die Pfifferlinge gründlich gewaschen. Eigentlich wollte er sie gar nicht gekauft haben, weil sie in einer Kiste lagen, auf der als Herkunftsland Polen draufstand. Unentschlossen prüfend hatte er an den Pilzen gerochen und den Gemüsehändler gefragt: »Haben Sie denn keine deutschen Pfifferlinge im Angebot?«

»Ne, ne, guter Mann, deutsche Pfifferlinge werden Sie zu dem Preis nicht kriegen«, hatte dieser achselzuckend geantwortet. »Aber die sind genauso gut, schließlich sind wir ja ein Europa.« Und dann wandte er sich einer aufmüpfig drängenden Kopftuchträgerin zu, die, der deutschen Sprache kaum mächtig, ungeduldig nach eingelegtem Sauerkraut fragte.

»Jetzt fehlt nur noch, dass sie Eisbein dazu kocht«, hatte Herr Jonas daraufhin gemurmelt.

Zu Hause stellte er schließlich fest, dass die Pilze wahrhaftig aromatisch dufteten. Und je länger er daran roch, desto mehr rochen sie geradezu richtig deutsch. Gleichermaßen aromatisch verlockend, wie sie damals rochen, als er, mit dem Gewehr in der Hand flach auf dem Boden liegend, ein Waldgebiet im ehemaligen Polen verteidigen musste, das allerdings nur für eine kurze Zeit deutsch geworden war.

Herr Jonas, das sei hier festzuhalten, hatte grundsätzlich nichts gegen Ausländer, vor allem nicht, wenn sie in ihrem Land lebten. Aber das, was sich jetzt hier in seinem eigenen Land auf den Straßen und in den Geschäften mittlerweile abspielte, war ihm zu einem Gräuel geworden. In den Salafisten zum Beispiel, die mit radikalen Machtansprüchen daherkamen, in denen sah er die neuen Nazis! Und überhaupt, laufend schnappte er fremde Sprachen auf, die er nicht verstand. Und vermutete er, dem Aussehen nach einen Deutschen vor sich zu haben, wenn er sie zum Beispiel als Falschparker notierte, dann schimpften diese in irgendeinem osteuropäischen Kauderwelsch drohend auf ihn ein.

Ohne dass der Vogel seine Gedanken hätte erraten können, sagte Herr Jonas unvermittelt zu ihm: »Da wird man noch zum Fremden im eigenen Land, Peterle.« Als erwarte er von ihm eine Antwort, schaute er fordernd zu dem Käfig herüber. »Ach, du bist ja selbst ein Fremder, Peterle. Eigentlich gehörst du ja nach Australien!«

Das Tierchen, geübt in stiller Konversation, schielte den Alten einfältig an.

»Brauchst gar nicht so dumm zu schauen. Glaubst wohl, dass ich im Käfig eingesperrt wäre, was? Pech gehabt, mein Lieber, Pech gehabt! Du bist es ja auch!«

Bald darauf brutzelte der Fisch in brauner Butter. Geschickt wendete Herr Jonas ihn in der Pfanne. Das Wasser im Topf daneben, in dem die Kartoffeln garten, dampfte Schwaden an die Decke. Des Weiteren roch es appetitlich nach gebräunten Zwiebeln und sämigem Rahm. Herr Jonas wunderte sich, dass ihm alles so gut gelang. Wie hatte Hedwig früher immer über die Kocherei gestöhnt. Ihm ging es jetzt erstaunlich flott von der Hand, das war nicht zu bestreiten, obwohl er doch ungeübt war. Er machte sich meistens Dosengerichte warm. Als noch mit der guten alten D-Mark bezahlt wurde, ging er freitags regelmäßig in die *Nordsee* zum Essen. Aber das wollte er sich gegenwärtig nicht mehr erlauben. Denn das, was damals in Mark abkassiert wurde, wurde heutzutage in Euro verlangt.

Diese Tatsache war einfach nicht mehr zu hinzunehmen. Sein Einkommen wurde nicht nur halbiert, die Ausgaben wurden auch verdoppelt. Da brauchten ihm die schlauen Statistiker nicht mit ihrem fiktiven Warenkorb daherkommen, um den Preisanstieg mit einer günstiger gewordenen Stereoanlage prozentual zu senken. Er brauchte keine neue Stereoanlage, verdorricht noch enns!

Und mit welch großartigem Argument hatten die Politiker seinerzeit den Bundesbürgern die Einführung des Euros schmackhaft gemacht? Na, mit was? Grotesk! Damit, dass sie, wenn sie in Urlaub führen, in den europäischen Nachbarländern nicht mehr mit deren Währung zu bezahlen brauchten. Die Umtauscherei fiele weg!

»Lächerlich«, hatte Herr Jonas trotzig gesagt und das Radiogerät abgeschaltet. Er hatte nie umtauschen müssen, weil er gar nicht erst ins Ausland gefahren war! Aber stattdessen musste er jetzt zu Hause umrechnen, ob er dazu bereit war, heute in Euro auszugeben, was vor nicht allzu langer Zeit noch günstiger in D-Mark angeboten wurde. Sogar gegenüber der Woyzeck hatte er sich seinerzeit dazu herabgelassen zu äußern, dass der »Franzmann« es mit der Euro-Erpressung nun endlich geschafft habe, dem Deutschen die harte Währung aufzuweichen.

»Aber wieso Erpressung, Herr Jonas?«, gab sie damals völlig ahnungslos zurück. Da schien Herr Jonas es schon zu bereuen, mit ihr überhaupt darüber geredet zu haben. Jedenfalls warf er der Woyzeck noch ein unfreundliches »Wegen der Wiedervereinigung!« vor den Kopf. »Na ja«, murrte er, während er sich umdrehte, »euresgleichen wird's gefallen haben.« Für ihn gab es keinen Zweifel, dass trotz aller Beschwörungen von guter Nachbarschaft, die ausschweifend und großartig formuliert in den Sonntagsreden gehalten wurden, jeder doch nur an sich selber dachte. Alles konnten ihm die hohen Herren da oben nicht vorgaukeln, ein wenig blickte er schon durch. Man hatte ihm in der Gefangenschaft zwar die Eier zertreten, aber nicht das Hirn.

Allmählich geriet Herr Jonas dann aber doch ins Schwitzen. Hier klapperte ein Topfdeckel und dort kochte, zischte, spritzte, blubberte es wie in einer Hexenküche. Zehn Hände müsste man haben. »Au, verbrannt!« Wie hatte Hedwig das bloß immer gemacht? Genau! Das Ohrläppchen anfassen oder kaltes Wasser über die verbrannte Stelle laufen lassen. Ah, das tat gut. Er war ja regelrecht aus der Fasson geraten.

Ojemine, wenn jetzt der Besuch käme, wäre es sehr ungünstig. Leider hatte er mit dem zu erwartenden Gast keinen genauen Zeitpunkt seiner Ankunft festgelegt. Und ob er tatsächlich zum Mittagessen erscheinen würde, war somit auch völlig offen. Das ärgerte Herrn Jonas. Er liebte es nicht, in Ungewissheit zu verbleiben, vor allem, wenn er sich eine derartige Mühe mit dem Kochen gemacht hatte. Na egal, das Essen war jedenfalls fertig.

Rasch deckte er für alle Fälle zwei Gedecke ein. Aus Fett verschmierten Pfannen, Töpfen und Schüsseln garnierte er sich all die Köstlichkeiten auf seinen Teller. Fast sah das angerichtete Mahl darauf so aus, wie es in der Wochenendbeilage abgelichtet war. Zufrieden schnuppernd hielt er die lange Hakennase über das appetitlich gefüllte Porzellan, welches er vorsichtig zum Tisch balancierte. Den Stuhl rückte er sich anschließend so zurecht, dass er den arg beschmutzten Gasherd im Rücken hatte, damit er den Dreck nicht sah, währenddessen das Radio »Weisen, die man nie vergisst« spielte.

O ja, das Leben konnte recht gemütlich sein.

Ach herrje, der Wein fehlte. Meine Güte, wann hatte er das letzte Mal Wein getrunken? Eigentlich vertrug er gar keinen Alkohol, schon allein der vielen Medikamente wegen, die er über den Tag verteilt einnehmen musste. Eine Pille dafür und eine Pille, die wiederum deren Nebenwirkungen aufheben sollte, die dann wiederum neue hervorriefen, die letztendlich mehr Beschwerden auslösten als jene, die man von vornherein gehabt hatte, und so weiter und so fort. Doktor Fleischmann sagte immer nonchalant, wenn Herr Jonas darüber klagte, dass das Alter im Grunde eine rechte Plage wäre: »Nun lassen Sie es mal gut sein, mein lieber Jonas. Das hat mit dem Alter wenig zu tun. In Wirklichkeit gibt es überhaupt keine gesunden Menschen, egal welchen Alters, es gibt nur schlecht untersuchte. Aber jetzt machen Sie sich bitte frei!«

Hatte er nicht gerade überlegt, wann er das letzte Mal Wein getrunken hatte? Nun fiel es ihm doch noch ein, wenn man in dem Zusammenhang überhaupt von Wein sprechen konnte. Das war irgendwann in den Achtzigern gewesen, als das mit der Glykol-Panscherei aufkam. Sauerei, so was!

Wie so oft, wenn er glaubte, an all dem Ungesagten platzen zu müssen vor angestauter Wut, brabbelte er plötzlich wild gestikulierend drauf los. »Überall Betrug und Abzocke! Und was für Lehren werden daraus gezogen? Gar keine werden daraus gezogen! Im Gegenteil, heutzutage wird überall erfolgreich gepanscht, verschleiert, umetikettiert und verfälscht auf Deubel komm raus. Da weiß doch anschließend keiner mehr, was er auf dem Teller oder im Glas hat. Alleine dieser Gammelfleisch-Skandal! Aber was will man schon von der breiten Masse erwarten? Hauptsache viel, egal wo es herkommt, und Hauptsache, man wird dick dabei. Erst Gammelfleisch fressen und dann mit gemästeten Bäuchen als Gammelfleisch auf durchgewetzten Sofas herumlungern«, schimpfte er so laut, das Peterle erschrocken hochflatterte. »Die Menschen fressen allerorts, als stünde ihnen eine große Hungersnot bevor. Wenn ich durch die Stadt gehe, sehe ich ja nur noch Fressbuden. Fast Food, Fast Food, überall lese ich Fast Food. Die ganze Stadt scheint nur noch aus Fast Food zu bestehen. Schon die Jugend platzt aus allen Nähten. Vorbei die goldenen Zeiten der körperlichen Ertüchtigung, wo es noch *frisch, fromm, fröhlich, frei* hieß! An dessen Stelle ist die Lust getreten! Lust, Lust, das Leben soll lustig sein. Und während an jeder Ecke unmäßig geschlemmt und gefuttert wird, keimt und wuchert das Unkraut auf den Bürgersteigen aus allen Ritzen.«

Nun schien Herr Jonas tatsächlich verzweifelt. »Ach«, stöhnte er auf, »was waren das doch für Zeiten, als noch der gesunde Menschenverstand regiert hat!«

Ja, genau so trug es sich an diesem Tage zu. Ungeachtet dessen, dass ihm keiner zuhörte, wenn man Peterle einmal außer Acht ließ, hatte Herr Jonas dermaßen drauf losgepoltert. Nein, das war nicht mehr seine ihm gewohnte Welt. Sie war ihm – und er war ihr – fremd geworden. Wo aber waren sie abgeblieben, die Ideale seiner untergegangenen Welt? Wann war diese unbemerkt, gewissermaßen vor seinen Augen, mit der jetzigen ausgetauscht worden? Ging das klammheimlich vonstatten? Sicher, jede Generation schaffte sich ihre eigene Welt, eigene Werte, aber bisher waren nie die Alten samt ihrer gelebten Vergangenheit daraus vertrieben worden. Bisher waren sie immer in die Geschicke der Zukunft mit eingebunden worden, weil man nicht auf ihre Erfahrung, ihr Wissen, ihre Abgeklärtheit und Fürsorge verzichten wollte und konnte. Es war ein großer Irrtum anzunehmen, dass man nur körperlich fit und stark für die Gesellschaft gewinnbringend aktiv sein konnte. Es waren eben diese genannten Eigenschaften des Alters, die für eine intakt funktionierende Gesellschaft unverzichtbar waren. Nun aber war das Alter in den Augen vieler wertlos geworden. Man entsorgte es, bis ins Detail durchkalkuliert, auf den »Schrotthalden« der Zeit, beinahe so, wie die einst ach so geliebten und gehegten Autos, die nicht mehr den augenblicklichen Ansprüchen Genüge leisteten. Herr Jonas wusste wohl, was sich in den Alten- und Pflegeheimen abspielte. Dort verrottete und vegetierte ein guter Teil ungenutzter Zukunft. Viele dieser vergessenen, ausgestoßenen alten Seelen wären unter dem Aspekt von Nächstenliebe sicherlich ein gewinnbringender Quell der Hoffnung, an der es dieser neu orientierten Gesellschaft so mangelte. Natürlich gab es auch ein Aufbegehren jener, die nicht gewillt waren, einfach entsorgt zu werden, indem sie der Jugend nacheiferten. Dennoch,

Jugend war doch auch nur der kurze Frühling eines ganzen Jahres. Und was nutzte es, sich im Winter Blumen ins Haar zu flechten, um den vergangenen Lenz zur falschen Zeit aufs Neue zu beleben? Herr Jonas hatte auf seinen Streifzügen durch die Stadt oft genug diese armseligen, bedauernswerten Alten gesehen, die es der Jugend gleichtun wollten. Die sich mit allerlei modischem, kosmetischem oder gar chirurgischem Firlefanz und Schnickschnack den ewigen Jungbrunnen erhofften und sich dabei doch nur der Lächerlichkeit preisgaben. Als arme, bedauernswerte Geschöpfe bezeichnete er sie, die in ihrem Egoismus selbst der Jugend kein Recht auf Eigenständigkeit mehr ließen.

Bevor er sich mit seinen Überlegungen gänzlich den Appetit verdarb, machte er sich daran, sich sein wirklich gelungenes Mahl einzuverleiben. Doch ehe er ordentlich zulangte, besah sich der alte Herr Jonas den Fisch schräg von der Seite. Ob der noch in Ordnung war? *Der Fisch stinkt immer vom Kopf her*, sagte man hinlänglich.

Ne, aber unangenehm gerochen hatte der nicht!

Gerade wollte er sich hinsetzen, da überkam es ihn, zuvor wieder in seine Jacke zu schlüpfen. Schließlich war der Anlass festlich genug.

Halt, vernahm er da nicht ein Geräusch? Er starrte angespannt zur Tür. Würde es gleich läuten? Da waren doch Schritte im Treppenhaus?

Herr Jonas eilte, von seinen ausgelatschten Pantoffeln arg behindert, durch den langen Flur zum Spion. Eben in diesem Moment sah er durch die gläserne Linse einen Schatten um das Treppengeländer herum nach unten huschen. Er riss wütend die Türe auf und rief aufs Geratewohl ins Stiegenhaus: »Es ist noch keiner da, Frau Woyzeck, ich werde Ihnen aber umgehend Bescheid geben, wenn mein Besuch eingetroffen ist!«

Außer dem heftigen Zuschlagen einer Tür, deren dröhnender Hall an den Wänden entlang zu ihm hochstieg, war dann nichts mehr zu vernehmen. Er wusste wohl, dass sie hin und wieder ihr Ohr neugierig an seine Türe legte. Was aber sollte sie hören? Bei dem Alten in der Stube war es meist mucksmäuschenstill.

»Was treiben Sie eigentlich in Ihrer Wohnung, man hört ja gar nichts von Ihnen?«, hatte sie ihn oft genug gefragt, wenn sie bei ihm sauber machte. Und an seiner Etagentüre war von außen schon ein deutlicher Fleck zu sehen, genau an der Stelle, wo sie ihr fleischiges Ohr anlegte.

Was für ein harmonisches Bild bot sich ihm, als er in die Stube zurückkehrte. Das dampfende, wohlriechende Festmahl auf dem Tisch, daneben der Pokal mit dem dunklen Wein darin, der, von einem Sonnenstrahl beschienen, rubinrot im Glas aufleuchtete. Er hatte sich, dem Anlass entsprechend, für einen *Insel Samos* entschieden, obwohl er nicht wusste, ob man zum Steinbutt einen Weißwein oder einen Rotwein trank. Er hatte letztendlich bei dem *Insel Samos* zugegriffen, weil dieser Wein ihm schöne Erinnerungen zurückbringen sollte. Erinnerungen an die anheimelnden Samstagabende mit Hedwig vor dem Fernseher, wo er mit ihr das eine oder andere Glas leerte, während Kulenkampff auf dem Bildschirm seine Späße machte. Denn den Kulenkampff, den mochte er, weil dieser weltgewandte Charmeur es hin und wieder schaffte, dass man sich in den seltenen Augenblicken der Harmonie lachend in die Augen sah und schelmisch zuprostete. O ja, es war, als koste man die Minuten des Glücks, wenn sich der Magen so angenehm erwärmte, dass man meinen mochte, es wäre das Herz gewesen. Und augenblicklich wollte er auch alles dafür tun, dass es ihm so richtig gut ging. Wer wusste schon, wie lange ihm das noch möglich war?

Halt! Da meldete sich prompt dieser hinterhältige, pessimistische Gedanke, der alle aufkommende Freude mit einem Schlag dämpfte. *Freu dich bloß nicht zu früh*, raunte dieser ihm zu. *Du weißt doch, es rächt sich bestimmt, wenn man den Tag vor dem Abend lobt.* Rasch setzte er sich hin und nahm einen tiefen Zug vom süßen, schweren Wein. Warum ihm gerade jetzt das Abendmahl einfiel, wusste er auch nicht zu sagen. Er hatte genau Leonardos Bild vor seinem geistigen Auge. Wie sie da saßen, die Jünger, erwartungsvoll um den Heiland geschart, noch nicht ahnend, dass sich der Wein auf dem Tisch schon bald zu dessen vergossenem Blut wandeln würde.

Er, Friedbert Jonas, war weiß Gott nie ein Jünger gewesen. Viel zu fern waren ihm die alten Geschichten, die ihm schon damals in der Bibelschule wie Märchen vorkamen. Aber wäre er ein Jünger, welcher

Jünger wäre er jetzt. Jetzt, hier an seinem Tisch? War er Judas? Hatte er den Heiland der Welt nicht auch von Kindheit an verraten? Was würde ihm nun drohen? Judas hatte sich das Leben genommen. War denn der Verrat so schwerwiegend gewesen? Und überhaupt, nicht nur der Verräter wurde gestraft. Nach dem Abendmahl mussten beide sterben, der Heiland und der Verräter.

Herrn Jonas wurde unwohl. Er ahnte zumindest, dass der eine Schuld durch sein Handeln auf sich geladen hatte und der andere schuldlos war. Somit hatte man den Schuldlosen umgebracht und der Schuldige sich selbst. Als Ordnungshüter wusste er nur zu gut, dass über jedem Vergehen das Strafgericht stand. Hatte auch er den Heiland getötet?

Unvermittelt und wie unter einem Zwang, begann er zu beten. Das fiel ihm sonst immer sehr schwer, weil er stets glaubte, nicht die richtigen Worte zu finden, drum ließ er es für gewöhnlich lieber gleich sein. Doch nun, da ihn plötzlich die Fiktion an den Heiland wirklich und wahrhaftig anwehte, sprudelten die Worte nur so aus ihm heraus. Von Reue und Verzeihen sprach er. Ihm war dabei, als säße er neben sich. Als wäre es nicht er, der redete. Als wäre es sein innerstes Ich, das selbstständig die Initiative dazu ergriffen hatte. Nachdem der Wortschwall versiegte, seufzte er zufrieden auf. Sein inneres Ich verstummte, und er sagte dennoch ein wenig despektierlich: »Na dann werde ich mal vom Leib kosten.« Es schmeckte Herrn Jonas einfach fantastisch. Ein wenig ärgerte er sich über sich selbst, warum er sich diese Köstlichkeit erst heute leistete. Bescheidenheit mochte zwar sehr ehrenwert sein, sie konnte aber auch unbedingt als Dummheit ausgelegt werden! War es Geiz gewesen? Um seine Figur brauchte er sich jedenfalls keine Sorgen zu machen. Rank und schlank war er. Ihn brauchte man nach seinem Ableben, wohlmöglich zum Gaudi der gesamten Nachbarschaft, nicht mit einem Spezialkran aus dem Fenster hieven, wie er es schon in einer Illustrierten gesehen hatte. Allerdings wäre es auch nicht ganz falsch, wenn man sich aus lauter Boshaftigkeit derart von dieser beschissenen Welt verabschieden würde. Was das »denen« dann für Umstände machte!

Eigentlich war er ja rundherum satt. Aber die rote Grütze wollte er keinesfalls umkommen lassen. Noch einen ordentlichen Schuss Vanillesoße drüber gießen – fertig.

Eifrig löffelte er, ohne hochzusehen. Zwischendurch rülpste er kräftig. Von wegen »Bei Ihnen ist es immer so still, Herr Jonas«. Dann schob er abrupt das Schüsselchen beiseite und schlug sich mit der flachen Hand vor die Stirne.

»Du lieber Himmel, Peterle! Ich habe ja ganz vergessen, dass ich dir auch ein Leckerchen mitgebracht habe.« Polternd rückte er den Stuhl zurück. »Wo hab ich es nur abgestellt, wo hab ich es nur abgestellt ...«, brummelte er vor sich hin, unterdessen er eifrig nach Peterles Leckerchen suchte. »Ah, hier hab ich es ja!«

Der Vogel begann aufgeregt mit den Flügeln zu flattern, dass es in seinem unmittelbaren Umkreis feine Federn schneite. Was dem Vögelchen ansonsten Vorhaltungen einhandelte, weil Herr Jonas meinte, dass der weiche Flaum seine ohnehin anfälligen Bronchien noch zusätzlich verkleben würde. Überdies missbilligte er den unnötigen Dreck aufs Höchste. All dessen ungeachtet machte sich das putzige Tier schon bald emsig knuspernd über einen extra dicken Hirsekolben her, der ihm vom oberen Gitter herab fürsorglich direkt vor den krummen Schnabel gehängt wurde. Herr Jonas empfand bei dem Vorgang von Geben und Nehmen Rührseligkeit in seiner Brust. Er musste an den biblischen Vers *Sie säen nicht und sie ernten doch* denken. Mensch und Tier in einer liebenswert harmonischen Symbiose. Eine geradezu widernatürliche Einheit, wenn man bedachte, dass er, urgeschichtlich betrachtet, ein Jäger war und Peterle eindeutig zur Kategorie der stets fluchtbereiten Beute gehörte. Doch hier durchbrach auf wundersame Weise eine liebevolle Zuneigung das Gesetz vom Fressen – und – Gefressenwerden. Konnte es wahrhaftig sein, dass irgendwann einmal eine Zeit anbrechen würde, in der der Löwe das Lamm hütete? Allerdings war man davon noch weit entfernt. Erst neulich las er mit Schrecken in der Zeitung, dass die in seinen Augen heimtückischen Itaker, wie schon seit dem Sankt-Nimmerleins-Tag mit weit gespannten Netzen unzählige Singvögel einfingen, um sie ohne Not auf diese barbarische Art aufzufressen. Bei denen piept's wohl! Hinzu kam ihm die millionenfach geschundene Kreatur in den Sinn, der man aus reinem Egoismus das Recht auf ein würdevolles Leben nahm. Schon oft hatte er über das Wort *Würde* gegrübelt. Und er fragte sich, wer eigentlich darüber entschied, was *Würde* war. Erst vor Kurzem hatte er intensiv darüber nachgedacht, nachdem er auf der Straße mit einem aktiven Freikirchler in Kontakt getreten war, den er sehr ernsthaft darauf aufmerksam gemacht hatte, dass er endlich damit aufhören sollte, seine Zettelchen an Passanten zu verteilen.

»Die Leute lesen das doch nicht, mein Herr«, hatte er ihm nachdrücklich gesagt. »Und anschließend wird es weggeschmissen und verdreckt mir die ganze Gegend. Also lassen Sie das!« Diese energisch vorgetragene Bitte hielt den frommen Mann allerdings nicht davon ab, Herrn Jonas *Die gute Botschaft* mit einem langmütigen Lächeln in die Hand zu drücken.

Zu Hause angekommen überflog Herr Jonas den Text, bevor er das Blättchen in den Müll warf. Das Wort *Würde* war ihm dabei in den Blick geraten. Da hatte er aufmerksamer gelesen. War dieser Text eine Antwort von »oben«? Ja, wenn man dem Glauben schenken wollte, was dort geschrieben stand. Dort stand sinngemäß: *Weil Gott den Menschen nach seinem Ebenbild erschaffen hat, gilt es, die Würde, die eigentlich Gott zukommt, ebenfalls in seinem Nächsten zu erkennen.* Da hatte Herr Jonas sich nachdenklich den Kopf gekratzt, als er abwog, ob die Woyzeck tatsächlich Gott ähnlich sah. Allerdings gab es nichts zu leugnen: Würde er Gott in ihr erkennen, würde er nicht so schlecht über sie denken, ganz bestimmt. Denn wer wollte sich ernstlich mit Gott anlegen? Unter diesem Aspekt wäre es sogar möglich, seinen Feinden Würde zukommen zu lassen, wie er in einem Anflug von geistiger Helle befand. Ein abenteuerlicher Gedanke, wie ihm dennoch schien. Anderseits war die Würde, die der Mensch bestimmte, willfährig und beugsam.

Ach, was soll's, er änderte die Welt nicht! Und in hohem Bogen war das Pamphlet in den Mülleimer geflogen.

Peterles Krächzen riss ihn aus seinen Überlegungen. Er schaute aufgeschreckt zu dem Vogel hinüber, wo ihm seine Fantasie, anstatt des Wellensittichs, plötzlich ein verstört wirkendes Huhn in dem engen Käfig vorgaukelte, das dort apathisch lungerte. Das Gefieder abgerupft bis auf die nackte, federkielige Haut. Schwindsüchtig und hinfällig wirkte diese gemarterte Kreatur. Und als er näher hinsah, um das missratene Geschöpf mit der Realität zu verscheuchen, zwängte sich unerwartet ein blutiger Schweinerüssel an die Metallstäbe. Ein Anblick des Erbarmens bot sich ihm. Die Ohren abgefressen und die Schwarte mit unzähligen Pusteln und Geschwüren übersät.

»Was ist das für eine Tollerei?«, rief er entsetzt. War das etwa eine Rebellion des Mastviehs? Kamen die von ihm verzehrten Tiere nun wie Spukgestalten aus den tiefsten Tiefen seiner Eingeweide hervor? Er glaubte plötzlich, dass sein Magen ein Friedhof all derer sei, die er in einem langen Leben durch den Schlund gezwängt hatte.

Bei dem Gedanken daran musste er krampfartig hicksen. Auf einmal grummelte sein Magen, als habe auch der verzehrte Steinbutt plötzlich wild mit der Schwanzflosse um sich geschlagen. »Warum bin ich eigentlich kein Vegetarier geworden?«, fragte er sich vorwurfsvoll. Das wäre ihm vielleicht über all die Jahre besser bekommen, wenn er an sein andauerndes Sodbrennen dachte, das ihn jedes Mal besonders peinigte, wenn er sich tierische Fette einverleibte. Ganz abgesehen davon, welches Schindluder mit den ohnehin missbrauchten Tieren getrieben wurde. Obendrein wäre es ihm vermutlich billiger gekommen?

Das Grummeln verstärkte sich, als ihm zudem der Gedanke kam, dass die Viecher einzig in diese Welt geboren wurden, um seinem Gaumen zu schmeicheln und seinen Stuhlgang intakt zu halten. Ihn überkamen Gewissensbisse. War die Erde denn nur ein *Tischlein Deck Dich*, an das man von höherer Stelle hingesetzt wurde, um sich in der Enthaltsamkeit zu üben? So eine Art Reifeprüfung? Ein gewaltiger, verführerischer Paradiesapfel? Lag die Lösung dieser kosmischen Prüfung tatsächlich im Widerstehen, damit man nicht auch noch aus dem Paradies Erde vertrieben wurde?

Um ein Resümee für sich zu ziehen, sagte er an den Vogel gerichtet: »Was wäre wohl, wenn ihr Tiere mit uns Menschen sprechen könntet?« Unerwartet lachte Herr Jonas laut auf. Aus der Einkaufstasche, die auf der Anrichte lag, nahm er ein kleines, bunt gefärbtes Päckchen. »Na schau mal, was ich dir noch eingepackt habe, mein kleiner Freund! Da muss ich mich wohl vergriffen haben. Es sind Sprechkörner, Peterle, hörst du, Sprechkörner. Hahaha. Na, das fehlte mir noch, dass du das Sprechen lernst und mir dann wohlmöglich Widerworte gibst oder mir lauter dummes Zeug erzählst, was? Da reicht mir die Woyzeck völlig aus, die alte Nervensäge. Nein, nein, das war die ganzen Jahre schon gut so, wie es jetzt ist. Ich rede und du hörst mir zu.«

Der Vogel ließ sich nicht beirren, und ungeachtet des Wortschwalls, der frischweg auf ihn eindrang, ließ er diesmal, anstatt flockiger Federn, die vom Korn befreiten Spelzen durch die Luft sausen.

Der Berg schmutzigen Geschirrs lastete, wie zu vermuten war, als ein unüberwindbarer Fels auf Herrn Jonas Gemüt, und dennoch machte er keinerlei Anstalten, diesen wegzuspülen. Obwohl mit ein wenig Wasser und einem Spritzer Spülmittel, hätte er mit einem Wisch auch rasch sein Gemüt reinwaschen können. Ganz im Gegenteil, stattdessen nahm er entschlossenen Blickes Peterles Nachtsamtdecke und legte sie in ihrer vollen Länge und Breite über all die dreckigen Teller, Tassen, Tiegel und Töpfe, in die er zuvor noch das benutzte Besteck legte. Augenblicklich fühlte er sich in Anbetracht des Nichtsehens dieser lästigen Arbeit entledigt.

Herr Jonas, Herr Jonas, was ist nur los mit Ihnen?

Eigentümlich, gegenwärtig lief wirklich alles anders als gewohnt. Sogar der Postkasten war heute noch nicht aufgeschlossen worden. Auf weitere schlechte Nachrichten konnte er wohl gut und gerne verzichten? Im Übrigen, es befand sich doch meist nur Reklame darin. Abgesehen von dem üblichen Firlefanz, der ihm tagtäglich aufgedrängt wurde, war es schon verwunderlich, dass man ihm neuerdings gezielt Prospekte oder Werbebriefe in den Kasten steckte, in denen er sogar mit Namen angesprochen wurde. *An Herrn Friedbert Jonas!* Seltsam, kannte man ihn denn persönlich? Man wusste anscheinend detailliert über ihn Bescheid. Geschlecht, Alter, Bedürfnisse und so weiter und so fort! Treppenlifte, Krankenfahrstühle, Gehhilfen, Windeln für Erwachsene und Erektionshilfen in allen Ausführungen wollte man ihm andrehen und obendrein tonnenweise Pillen, Tabletten, Dragees, Tropfen, Cremes – alles günstig und frei Haus! Ganz abgesehen von all den vielen Gratis-Busreisen, die er hätte unternehmen können. Hinzukamen diese sinnlosen Belästigungen am Telefon. Früher, ja, da konnte man einen aufdringlichen Staubsaugervertreter noch rasch loswerden, indem man ihm rigoros die Türe vor der Nase zuschlug, falls er nicht schnell genug seinen Fuß dazwischen bekam. Aber heute war man den geschulten Verkaufsstimmen am anderen Ende der Leitung doch beinahe nicht mehr gewachsen. Wegen ihrer geradezu verbindlichen Freundlichkeiten bekam man glatt ein schlechtes Gewissen, ihnen am Ende des Gesprächs nichts abgekauft zu haben. Anfänglich hatte Herr Jonas die gefälligen Stimmen, die ihm so verführerisch in sein Ohr krochen, noch getröstet. Doch seitdem eine Dame regelrecht ausfallend geworden war, legte er gleich nach den ersten Worten auf, wenn er bemerkte, dass ihm jemand etwas andrehen wollte. Leider hatte es da schon eklatante Verwechslungen gegeben, die oft genug zu Irritationen derer führten, die ihn aus einem ganz anderen, zumeist triftigen Grund anriefen. Am liebsten hätte er ja das Telefon abgemeldet, aber dann wäre eine der letzten Verbindungen zur Außenwelt völlig gekappt worden. Ein Hintertürchen wollte er sich bislang noch offen halten.

Da saß Herr Jonas nun erschöpft auf dem Stuhl und streckte die Beine aus, die ihm vom langen Stehen am Herd schmerzten. Ein neues Hüftgelenk hatte er schon vor Jahren bekommen, danach ging es eigentlich wieder recht gut mit dem Laufen. Aber seit Doktor Fleischmann ihm die Cholesterinsenker verordnet hatte, die er ausnahmsweise folgsam einnahm, wurde er das Gefühl nicht los, als würden die Muskeln in seinen Beinen immer schwächer werden. Doktor Fleischmann winkte nur ab, wenn er ihn daraufhin ansprach. »Ihre Fettwerte im Blut sind endlich im Normbereich, mein lieber Jonas. Mehr wollen wir doch nicht, oder? Was das Laufen anbetrifft, nun ja, der Jüngste sind Sie ja auch nicht mehr. Und Sie wollen doch wohl nicht in einigen Jahren einen Herzinfarkt oder einen Schlaganfall erleiden, wie?« Herr Jonas hatte nur darauf geantwortet, dass er doch schließlich an irgendwas sterben müsse. »Sterben Sie meinetwegen gesund, mein Lieber, dann kann man mir wenigstens keine Vorwürfe machen«, lautete daraufhin der lapidare Kommentar des Mediziners.

Über den Tod schlechthin hatte Herr Jonas sich in letzter Zeit öfter so seine Gedanken gemacht. Das mit dem Sterben war auch so eine Sache für sich, formulierte er dann als Fazit. Alt werden wollten alle, aber nicht alt sein, und sterben schon gar nicht. Angst hatte er nicht davor, tot zu sein, aber die ungewisse Reise nach drüben, die machte ihm nun doch ein wenig Furcht. Wie würde sie sein, diese Reise, von der keiner mehr zurückkehrte? Würde sie etwa in der Weise vonstattengehen, dass einem während des Dahinscheidens das Gefühl überkam, in einem recht bequemen Schlafwagencoupé zu sitzen, in dem man als einziger Fahrgast, durch lichte Gestade und vom sanften Schaukeln gewogen, zum ewigen Ziel befördert wurde? Oder erschienen in der Stunde des Verscheidens die fürchterlichen, Angst einflößenden apokalyptischen Reiter, um den zu Tode Erschrockenen trotz schmerzvollem Gestöhn und wehrhaftem Sträuben auf die wild schnaubenden Rosse zu zerren, um mit ihm in atemberaubenden Galopp in die elysischen Gefilde zu hetzen?

Letzteres würde wohl der armen Hedwig widerfahren sein! Oh, wie hatte er sich jahrelang die schlimmsten Vorwürfe gemacht, nicht genug Acht auf sie gegeben zu haben. Dieses entsetzliche Bild würde er nie mehr aus seinem Schädel verbannen können, wie sie da mitten in der Nacht, die Gliedmaße skurril verdreht, mit ihrem zerschmetterten Körper auf dem regennassen Asphalt lag. Etwa zehn Meter weiter entfernt stand, mit noch laufendem Motor, ein an der Fronthaube arg verbeulter Pkw. Gleich daneben hockte ein an allen Gliedern schlotternder, geistesabwesender Mann. »Ich kann doch nichts dafür, ich kann doch nichts dafür ...«, stammelte dieser vor sich hin. Nein, er konnte wahrhaftig nichts dafür.

Die verdammte Unruhe war es gewesen, die ihr Gehirn als ein umherflatterndes Geschmeiß ausbrütete und sie ohne Unterlass von hier nach dort trieb.

Keine Frage. Es war diese von der Krankheit begünstigte Verwirrung, sie trug die eigentliche Schuld an ihrem grausigen Tod, das hielt sich auch Herr Jonas zum eigenen Trost immer wieder vor Augen.

Ein Schauer nach dem anderen rann ihm über seine inzwischen kaltschweißige Haut, wenn er an jene verhängnisvolle Schicksalsnacht dachte. Von morgens bis abends, tagein, tagaus war sie unentwegt auf der Suche nach ihren Kindern. Pausenlos schrie sie herzzerreißend nach ihnen, dass er glaubte, bald selber irrezuwerden. Bis zum Schluss, bis zu dem schrecklichen Unfall, hatte er sie keinen Augenblick mehr aus den Augen gelassen. Die Türen musste er vor ihr versperren, sodass er selber wie ein Gefangener in ihrem ihr aufgebürdetem Gefängnis saß. Wäre Frau Woyzeck nicht gewesen, die für ihn ab und zu das Nötigste erledigte, dann wären Hedwig und er, von aller Welt verlassen, unweigerlich verkümmert und förmlich eingegangen, wie in einem finsteren Kerker der Hoffnungslosigkeit. Wie Hedwig es letztendlich doch geschafft hatte, mitten in der besagten Nacht heimlich still und leise die Wohnung zu verlassen, war Herrn Jonas bislang ein Rätsel geblieben. Noch am Abend zuvor hatte er ihr, wie allezeit vor dem Zubettgehen, beinahe gewaltsam eine hohe Dosis vom Schlafmittel in den Mund gesteckt. Das war gar nicht so einfach, weil er sorgsam darauf achten musste, dass sie ihm in ihrer Verrücktheit nicht in die Finger biss. Indem er ihr zusätzlich die Nase zuhielt, stellte er sicher, dass sie das Schlafmittel auch wirklich herunterschluckte. Warum es dieses Mal nicht zuverlässig wie gewohnt wirkte, blieb ihm unverständlich. Hinzu kam, dass er möglicherweise – was ihm nachträglich anzukreiden wäre – vergessen hatte, die Wohnungstür abzuschließen. Hatte er sie wirklich nicht abgeschlossen? Aber anderseits, wie sonst hätte sie das Haus verlassen können?

Gleichwohl war es geschehen, daran gab es nun trotz aller Selbstanklagen nichts mehr zu ändern. Die seligen Kinderchen schienen sie dermaßen flehend gerufen zu haben, sodass sie alles daran setzte, von der Last des irdischen Lebens befreit, für immer zu ihnen zu gelangen.

Seine Augen wurden feucht. Er goss sich Wein nach und trank diesen ungezügelt. Er wollte die Erinnerung mit dem Alkohol auslöschen. Doch es half nichts, die Schreckensbilder des Gewesenen projizierten sich weiterhin als teuflische Flammenbilder auf seinen inwendigen Blick. Er wollte sich dagegen wehren, sie sich ansehen zu müssen. Aber sie wurden ihm wie von einem hohen Gericht anklagend und unerbittlich vorgeführt. Er sah sich im Bett liegen. Seinen Arm beobachtet er, den er immer dann, wenn er in den unruhigen Nächten wach wurde, wie automatisch rechts neben sich über das Laken gleiten ließ. Wenn seine Finger die Wärme der schlafenden Hedwig spürten, war alles gut, dann war er auf der Stelle beruhigt. Aber bei dem, was er nun zu sehen bekam, griff seine Hand in eine Leere. Sogar jetzt noch spürte er in seiner Erinnerung die Kälte auf den Fingerkuppen, die ihn damals so heftig aufschrecken ließ. Augenblicklich hellwach geworden, riss er die Zudecke beiseite und sprang aus dem Bett. Es brauchte einen scheinbar endlosen Moment, wie es ihm vorkam, bis er den Schalter der Nachttischlampe fand. Alsdann erstrahlte der Raum, von dessen Wänden die Angst wie spitze Dolche auf ihn zielte, die er nun, angespannt im Stuhl sitzend, geradeso wie damals verspürte. Nur auf ihn wies sie, die Angst. Ihn, der wie entlarvt dastand und dem es zum Gottesurteil wurde, kläglich versagt zu haben. Im gleichen Atemzug kreischten aus der Stille der Nacht Autoreifen, deren markerschütterndes Geräusch wie eine Schicksalsfanfare durch das geöffnete Fenster in seine Ohren drang. Ohne hinauszuschauen, ohne sich zu vergewissern, was tatsächlich unten auf der Straße passiert war, rannte er, so wie er bekleidet war, im Schlafanzug die Treppen hinunter und stürzte voller Vorahnung, was ihn erwarten würde, aus der Haustüre. Atemlos hastete er auf die schreckliche Szenerie zu, die sich ihm im trüben Schein der Straßenlaterne und im Lichtkegel der Autolampen bot.

Trotz aller Trauer hatte er damals dennoch schnell begriffen, dass Hedwigs Tod nicht nur ihr die Türe zur ganz individuellen Freiheit aufgestoßen hatte, sondern dass dadurch auch ihm der Weg zurück zu sich selbst gebahnt wurde. Frei, endlich war auch er frei! Jetzt brauchte er keine Wohnungstüren mehr abzuschließen. Nicht ständig mit Argusaugen über sie wachen. Nicht von morgens bis abends sinnlos auf sie einreden. Er konnte wieder tun und lassen, was er wollte. Natürlich war er anfangs ratlos und fast ein wenig beschämt über seine ungewöhnlich distanzierten Gedankengänge. Schließlich war Hedwig seine Frau gewesen. Aber war es zum Schluss wirklich noch die Frau, der er einst amtlich beurkundet das Ja-Wort gegeben hatte? Die ihm in und nach der Gefangenschaft allein durch ihre pure Existenz dabei geholfen hatte, all das Entsetzliche zu überstehen? Die ihm darüber hinaus über viele Jahre eine zuverlässige Partnerin gewesen war? Nein, das war sie nicht mehr. Von ihm war eine Fremde fortgegangen, deren innere Nähe weiter von ihm entfernt war als jener Kosmos, in dem sie jetzt, seinem Hoffen nach, ihre letzte Ruhe gefunden haben mochte. Von der treuen Hedwig, die ihm über viele Jahre des Zusammenlebens aufrichtig ans Herz gewachsenen war, hatte er schon weit vor dem Unglück Abschied genommen. Und zwar an jenem Tag, an dem Doktor Fleischmann ihm, quasi zwischen Tür und Angel, die Diagnose Alzheimer mitteilte.

Herrn Jonas war die Erinnerung noch sehr präsent, wie er sich, zu Hause angekommen, ganz hinten im Kabuff, wo es stockfinster war, hinter der Querstrebe des Dachgebälks verkrochen hatte, um da ungesehen und von Herzeleid überwältigt wie ein geprügelter Schlosshund aufzuheulen.

Es folgten tatsächlich schwere Zeiten. Wie konnte es denn eine Gewohnheit geben, wenn man sich jeden, aber auch jeden Tag auf neues Unheil einstellen musste? Natürlich hätte er es nach ihrer Diagnose auch einfacher haben können, wenn er dem Rat des Arztes gefolgt wäre. »Sie sind überfordert, Herr Jonas. Sie brauchen sich keine Vorwürfe machen, wenn Sie ihre Frau in die Obhut von geschultem Personal abgeben.«

Zunächst hatte Herr Jonas diesen Vorschlag weit von sich gewiesen. Bis zu jenem Nachmittag im November. Nur einen Nachmittag lang war der Rat des Arztes für ihn zu einer Option geworden. Vorausgegangen waren die unhaltbaren Zustände, die ihn in eine Art Zwangslage brachten. Sie schlug nach ihm. Sie beleidigte ihn. Sie bespuckte ihn. Sie weinte stundenlang. Sie riss wütend an der Türklinke herum, wenn er ihr die Türe vor der Nase zusperrte. Oft musste er das schmutzige Geschirr suchen, das sie zwischen der sauberen Wäsche im Schrank versteckte. Dann aß und trank sie nicht mehr, weil sie behauptete, er habe ihr überall Gift hineingemischt.

Da war ihm nichts anderes übrig geblieben, als Hedwig nochmals Dr. Mittag vorzustellen, der sie mit dem Erfolg ausgiebig und gründlich untersucht hatte, dass Herr Jonas eines schlechten Tages die Woyzeck bat, für zwei, drei Stunden auf seine Frau aufzupassen. Nachdem die Woyzeck zugesagt hatte, machte Herr Jonas sich schnurstracks auf den Weg zum *Haus Abendruhe*, wo Dr. Mittag, ein anerkannter Neurologe, sein Büro unterhielt.

Es schüttelte ihn. Noch jetzt überkam ihn ein Schaudern, als ihm die Augenblicke ins Gedächtnis traten, in denen er diesem hochnäsigen Arzt in dessen Büro am Schreibtisch wie ein Häufchen Elend gegenübersaß. Er wüsste es heute nicht mehr mit Bestimmtheit zu sagen, ob die ungünstige Gelegenheit, in der er bei jenem aalglatten Medizinmann auftauchte, Schicksal oder Fügung war.

»Sie kommen im Moment leider ein wenig ungelegen, verehrter Herr Jonas.«

Mit diesem Satz wurde er von Dr. Mittag übertrieben lamentierend begrüßt.

»Verstehen Sie mich richtig, aber wir hatten vor wenigen Stunden einen schrecklichen Unglücksfall hier im Hause.«

Was blieb Herrn Jonas anderes übrig als zu fragen: »Was für ein Unglücksfall?«

Daraufhin hatte sich das Mienenspiel des Dr. Mittag ins Süßsaure verzogen und er druckste herum, als müsse er eine Beichte ablegen. Schließlich begann er zu reden.

»Eine unserer lieben Patientinnen ist am späten Vormittag ...«, er schien das Wort *Mittag* bewusst zu umgehen, »aus dem Fenster gestürzt!«

Herr Jonas war aufgeschreckt, hatte sich aber wortlos im Besucherstühlchen aufgerichtet.

»Ich versichere Ihnen, verehrter Herr Jonas, dass in unserem Hause die Sicherheit der uns anvertrauten, lieben älteren Herrschaften erste Priorität hat.« Ohne seinen Besucher anzuschauen, ging er zum

Fenster, öffnete es, und frische, klare Luft erfüllte den von Heizungsluft überwärmten Raum. Schweigsam sah er, wie die letzten bunten Blätter der Bäume bedächtig zur Erde schwebten. Er beobachtete sichtlich entrückt alte, kranke Menschen im Park, die Abschied vom Sommer nahmen und den Winter begrüßten.

Durch das geöffnete Fenster hinaus sagte er schließlich: »Wir, also ich und die Heimleitung, wir sind ratlos, wie das geschehen konnte. Ich muss zu meinem Bedauern feststellen, dass wir ratlos sind. Ich betreue seit zwanzig Jahren die mir lieb gewordenen Patienten, aber so etwas ist in dieser Residenz noch nicht vorgekommen. Unser Pflegepersonal ist über die gängigen Sicherheitsmaßnahmen genauestens instruiert. Dazu gehört es auch, dass die Ausgänge und vor allem die Fenster und Balkontüren zu sichern und unbedingt abzuschließen sind. Nun ja, wie die alte Dame trotzdem ...« Er machte eine Atempause. »Wie sie trotzdem ...« Es schien, als brächte er diesen Umstand nicht über seine Lippen. »Es ist uns wirklich ein Rätsel, wie es zu diesem bedauerlichen Unfall kommen konnte. Wie gesagt, ein Rätsel.«

Dr. Mittag setzte sich wieder an seinen Schreibtisch. Seine goldumrandeten Brillengläser blitzten im Widerschein der Schreibtischlampe auf. In diesem Moment wurde mit Spektakel die Türe aufgestoßen. Eine verhuschte, nach vorn übergebeugte Gestalt stand im Raum. Mit kleinen tippelnden Schritten stolperte sie auf den immer noch in aufrechter Haltung verharrenden Herrn Jonas zu. Die entblößten Arme des Alten umfassten kräftig die Schultern des Sitzenden. »Helfen Sie uns, ich flehe Sie an, Helfen Sie uns!«

Herr Jonas hatte einigermaßen ratlos in das zerfurchte Gesicht des Greises geschaut, in dem wohl viel Schmerz und viel Leid eines langen Lebens tiefe Narben hinterlassen hatten. In seinen trüben grauen Augen jedenfalls spiegelte sich sein bis zum Wahnsinn gemartertes Inneres wieder. Herr Jonas entdeckte auf dessen welkem Unterarm eine in die Haut tätowierte Zahlenfolge.

»Sie entfachen das Höllenfeuer!«, schrie der Tobende nun.

Dr. Mittag sprang zur offenen Tür. »Schwester Lydia, Schwester Lydia! Sorgen Sie sofort dafür, dass Herr Goldmann auf sein Zimmer kommt! Haben Sie gehört, Schwester Lydia? Ich bin in einer Besprechung und ich möchte nicht gestört werden!«

Unverhohlen murrend erschien die Gerufene. Anscheinend war sie gerade in irgendeiner unaufschiebbaren Tätigkeit unterbrochen worden. Umso rabiater packte sie den am ganzen Körper zitternden Greis, der nun auch noch zu weinen anfing, an dessen Hand und zog den sich widerwillig Gebärdenden hinaus über den Flur.

»Entschuldigen Sie bitte den misslichen Vorfall!« Dr. Mittag ging wieder zum Fenster, um es zu schließen. Zurück am Schreibtisch angekommen, trafen sich beider Blicke. Derangiert schaute der Doktor drein. Herrn Jonas kam es für einen Moment so vor, als entglitt einem Schauspieler die Rolle, die der Arzt hinter der Tarnung von Sprache und Gestik bisher sehr gut gespielt hatte.

Ertappt, fast verlegen, wischte der Herr im weißen Kittel mit beiden Händen über die ohnehin saubere Oberfläche des Tisches. Herr Jonas erkannte das Gebaren als einen Beleg seiner Kompetenz, die Dinge mit einem Handstrich zu bereinigen. Tatsächlich. Rasch gewann Dr. Mittag wieder an Souveränität. Mit der Höflichkeit des Chefs dieser Abteilung fragte er, ob er dem Besucher eine Tasse Kaffee bestellen dürfe.

»Vielen Dank, nein«, antwortete Herr Jonas und war froh, dass mit dieser Frage die Spannung, die durch den Zwischenfall im Raum lag, wie ein den Hals zuschnürender Strick zerriss.

»Herr Doktor, könnte es nicht sein«, begann Herr Jonas zögernd, »dass diese Frau, von der Sie eben gesprochen haben, ganz bewusst … ich meine … dass sie Selbstmord begangen hat?«

Dr. Mittags Haltung und Gesichtsausdruck nahmen erneut die Statur des überlegenen Dozenten an. »Ausgeschlossen, Herr Jonas, ganz ausgeschlossen!«

»Ich frage Sie nur deshalb«, begann Herr Jonas, »weil ich, wie ich Ihnen schon am Telefon sagte, gedenke, meine Frau in Ihre Obhut zu geben. Aber ich würde mir große Vorwürfe machen, wenn ich damit bei ihr eine Situation hervorriefe, in der sie …« Er stockte. »Ich meine, verstehen Sie mich richtig, in der sie sich unter den Umständen, die ich hier gerade erfahren musste, das Leben nehmen könnte.«

Dr. Mittag nahm grüblerisch seine Brille von der Nase und kaute konzentriert auf deren Bügel herum. »Nun, Herr Jonas, das halte ich für unmöglich. Wie soll ich es Ihnen erklären? Sehen Sie, die Krankheit Ihrer verehrten Frau Gemahlin ist inzwischen so weit fortgeschritten, dass sie nicht mehr in der Lage ist, rational zu denken, zu planen oder gar irgendwelche Handlungen gezielt emotional auszuführen. Die Eiweißablagerungen in ihrem Gehirn haben mehr und mehr gesunde Zellen verdrängt, feine Neurofibrillen und Plaques haben sich zu ähnlich gebauten Proteinen gebildet.« Dr. Mittag hielt inne. Er bemerkte wohl, dass er den Gast mit seinen Ausführungen überforderte. Man konnte ihm dann aber ansehen, dass ihn ein Geistesblitz durchzuckte. Also fuhr er fort: »Oder anders ausgedrückt. Wenn ich es so sagen darf: Das Gehirn Ihrer Frau müssen Sie sich wie einen morschen, bröckelnden Schwamm vorstellen, der nicht mehr in der Lage ist, eine intellektuelle Substanz aufzunehmen.« Dabei formte er mit den Händen ein imaginäres Gebilde, um es am Ende seiner Ausführung zwischen den Handflächen flach zusammenzudrücken.

Herr Jonas nickte auf entgegenkommende Art verständnisvoll. »Aber wieso gibt es immer wieder Momente, in denen ich mit ihr ein ganz normales Gespräch führen kann?«, fragte er allerdings wenig überzeugt zurück. Und rasch schob er die nächste Frage nach: »Vor allem, wenn es ihre Vergangenheit betrifft?«

»Das ist nicht ungewöhnlich.« Während Dr. Mittag Antwort gab, zog er die Schreibtischschublade auf und entnahm daraus ein Brillenputztuch, das griffbereit obenauf lag. Er hauchte gründlich die Gläser an und wischte sie anschließend beinahe liebevoll verklärt blank. Herr Jonas sah ihm gespannt dabei zu.

»Das, was jetzt noch einen Teil ihrer Persönlichkeit ausmacht«, fuhr der Arzt dozierend fort, »sind nicht mehr als Reste von Erinnerungen, die sich noch auf unbestimmbare Zeit in dem im Zerfall befindlichen Schwamm … äh, verzeihen Sie, *Gehirn* befinden.« Mit ausgestrecktem Arm kontrollierte Dr. Mittag prüfend das Resultat seiner Reinlichkeitsaktion, und sichtlich zufrieden setzte er die Brille weit vorne auf die Nasenspitze.

»Und was war mit der Dame, die aus dem Fenster gestürzt ist, hatte nicht auch sie Alzheimer? Meinen Sie nicht, Herr Doktor Mittag, dass sie es absichtlich getan hat? Insofern absichtlich, um ihrem persönlichen Zerfall vorzeitig ein Ende zu bereiten?« Herr Jonas hakte konsequent nach, weil er sich mit den Ausführungen des Arztes nicht ohne Weiteres zufriedengeben wollte.

»Nein, nein und nochmals nein«, wehrte der Gefragte energisch ab. »Wir wollen und wir können keinerlei Absicht in das schreckliche Geschehen hinein interpretieren. So ist es auch abschließend im Polizeiprotokoll vermerkt worden, dass es sich um einen tragischen Unfall gehandelt hat. Der Fehltritt einer *Blinden* sozusagen. Ein ganz banaler Unfall, wie er sich auch bei Ihnen zu Hause zutragen kann, verehrter Herr. Auch bei bester Betreuung zutragen kann!«

Telefonklingeln ließ Herrn Jonas zusammenzucken.

»Ja, Mittag ... Himmel Herrgott! Wie oft soll ich es noch sagen? ... Ja ... Ja. Ziehen Sie umgehend eine Ampulle Dormicum auf! ... Ja ... Ja ... Nein, binden Sie ihn so lange fest! ... Ich ... Ja, ich komme sofort!« Sichtlich genervt erhob sich Dr. Mittag aus seinem bequemen Ledersessel. »Sie sehen selbst«, sagte er zu Herrn Jonas. »Alles Weitere regeln Sie bitte mit der Heimleitung.« Mit ausgestreckter Hand kam er auf seinen Besuch zu.

Nachdem auch Herr Jonas sich erhoben hatte, begleitete der Arzt ihn an die Tür und sagte: »Kopf hoch. Kopf hoch. Gottes Wege sind unergründlich.« Jovial klopfte er ihm zum Abschied auf die Schulter. Daraufhin wurde die Tür mit einem übertrieben freundlichen Lächeln geschlossen.

Nun stand Herr Jonas einigermaßen konsterniert auf dem blank gewischten Flur. Es roch nach Sterilität und Essen. Nach Technik und Grundbedürfnis. Aus den Mauern drang Stöhnen. Ihm war, als hätte man Angst und Verzweiflung der Insassen unter den weißen Laken versteckt. Was konnte man ihnen mehr geben, als zeitlich vorgegebene Zuwendung und professionelles Mitleid im Akkord? Sollte er seine Hedwig hier einsperren? Hatte sie das verdient?

Einige Schritte von ihm entfernt flog plötzlich eine Zimmertür auf. Der alte Mann, den er vorhin schon zu Gesicht bekommen hatte, wurde von jener Schwester Lydia zurückgerissen. »Herr Goldmann, hierbleiben, hierbleiben! Wir werden jetzt ein Mittagsschläfchen machen.«

Der Alte zerrte die Schwester am Haar.

»So nicht, mein Lieber, so nicht!«, schrie sie zornesrot.

Nun wurde er unsanft ins Zimmer gestoßen. Lärmend fiel der Nachtschrank um.

Bloß raus hier, bloß raus!, schoss es Herrn Jonas durch den Kopf. Als er im Park stehen blieb und die Novembersonne sich dumpf durch die Äste der Buchen, Eichen und Platanen zwängte, atmete er tief ein. Auf dem Nachhauseweg beschloss er für sich, seiner Hedwig treu zu bleiben, egal was auch kommen möge. Er wollte bei ihr bleiben bis zum bitteren Ende.

Auch jetzt musste er wieder einen dicken Kloß herunterschlucken, und dabei fuhr er sich linkisch mit dem Anzugärmel über die geröteten Augen. Wie hatte der Arzt gesagt? »*... ein ganz banaler Unfall, wie er sich auch bei ihnen zu Hause zutragen kann, verehrter Herr. Auch bei bester Betreuung zutragen kann!*« Verdammt, er hatte sich zugetragen, und er war schuld gewesen, weil er nicht besser auf sie aufgepasst hat.

Die Gedanken daran wühlten ihn innerlich auf, und wäre er nicht so erschöpft gewesen, wäre er sicherlich auch jetzt hinausgerannt. Egal wohin, Hauptsache unter sorglos erscheinende, durch den Tag lavierende Menschen.

Gehetzt sah er sich um. Die verwohnten Wände schienen immer näher an ihn heranzurücken, als wollten sie ihm den letzten Rest verbrauchten Lebens aus der altersstrockenen Haut herausquetschen. Einzig sein Besuch wäre jetzt in der Lage gewesen, ihm auf der Stelle endgültige Seelenruhe zu verschaffen. Aber wo blieb er nur?

Bald war es schon Kaffeezeit!

VI

Erst als ihm der Kopf unsanft in den Nacken fiel, bemerkte Herr Jonas, dass er eingeduselt war. Fast eine halbe Stunde hatte er, der Außenwelt entrückt, auf dem Stuhl zugebracht. Sicher war es der süße Wein gewesen, der sich bleiern auf seine zuvor aufgewirbelten Sinne gelegt hatte. Müde blickte er zu dem Vogelbauer hinüber. Peterle saß aufgeplustert auf seiner Stange. Scheinbar schlief auch er. Doch welch eigenartig bedrückende Stimmung hatte sich inzwischen in der Stube breitgemacht? Die milden Sonnenstrahlen, die das Zimmer zuvor in ein angenehm gelbliches Licht getaucht hatten, waren einem traurig wirkenden Zwielicht gewichen. Völlig unerwartet waren dunkle Wolken heraufgezogen, die nun wie ein tristes, graues Laken vor dem Fenster hingen. Die Luft war zum Schneiden dick. Untergangsstimmung. Die Straßengeräusche drangen wie in Watte gepackt nach oben an das zugesperrte Fenster.

Es brauchte eine Weile, bis Herr Jonas wieder zu sich fand. Er reckte sich. Mit den Worten »Ach, ein schwarzer, echter Bohnenkaffee, der täte jetzt gut« stand er auf.

Kurz darauf mischte sich köstliches Kaffeearoma unter die abgestandene Luft, die im Zimmer vorherrschte. In eine feine Glasschale schüttete Herr Jonas die Gebäckmischung und stellte diese neben dem guten Service auf den Tisch. Er fand auf Anhieb sogar den schweren Onyxaschenbecher, den Hedwig ihm unnützerweise zum ersten gemeinsamen Weihnachtsfest geschenkt hatte. Jenem ersten gemeinsamen Weihnachtsfest nach seiner Heimkehr aus der Gefangenschaft. Wie konnte sie denn auch wissen, dass er nicht mehr rauchte. Dass die jahrelange harte Arbeit im Bergwerk ihm die Lunge völlig ruiniert hatte. Heute freilich, an diesem besonderen Tag, wollte er unbedingt eine Zigarre genießen.

Er legte sich alles sorgsam zurecht. Darüber hinaus kramte er das Fotoalbum aus der untersten Schrankschublade. Seitdem er alleine war, lag es dort unbeachtet. Das Album legte er ebenfalls auf den Tisch. Auf den unbequemen Stuhl mochte er sich nicht mehr setzen. Auf der Couch wollte er Platz nehmen. Mit einem festen Kissen im Rücken würde es dort recht gemütlich sein. Doch Halt! Das Licht musste er noch anknipsen.

Nachdem dieses geschehen war, drückte er seinen krummen Buckel behaglich in das dicke Polster und goss sich Kaffee in die Tasse, um gleich darauf mit dem unvergleichlich großen Riechorgan den verlockenden Duft einzusaugen. Sichtlich zufrieden knabberte er genüsslich ein in zarte Schokolade getauchtes Spritzgebäck.

Eigentlich hatte er sich immer feige davor gedrückt, die Bilder anzusehen. Fotos, das waren oft heimtückische Verräter einer längst vergangenen, auf Papier konservierten Gegenwart. Was auf ihnen abgelichtet zu sehen war, ist und blieb auf lange Zeit der Augenblick des Gewesenen, auch wenn es von den Jahren vergilbt, längst nach Vergangenheit aussah. Die Heimtücke bestand darin, dass sie, wie schon seinerzeit, nicht immer schöne Emotionen auslösten. Wer also wollte sich diesem aufkeimenden Gefühlswirrwarr freiwillig aussetzen? Um Gottes willen, nein! Dieser Gefühlsduselei, wie er es abschätzig nannte, wollte er bislang durch bloßes Ignorieren tunlichst entgehen. Doch heute war ihm irgendwie danach.

Jede Zeit hatte einen ihr zugeordneten Ereignisrahmen, und in das momentane Drum und Dran gehörte unbestreitbar die gemütliche Kaffeestunde mit den Bildern aus dem Fotoalbum, welches zur Einsicht bereit auf dem Tisch lag. Er musste es, einem inneren Trieb folgend, über sich ergehen lassen, auch wenn er die eingeklebten Erinnerungen nicht von Herzen gerne ansah. Vor allem nicht jene, auf denen er posierte. Er sah sie sich genau so wenig gerne an, wie er sich nur allzu ungern im Spiegel betrachtete. Das innere Bild, das er von sich hatte, wurde durch den Anblick der Realität leider aufs Herzloseste zerstört. Sein unvorteilhaftes Äußeres, das ihn morgens beim Rasieren aus dem trüben Aluminiumschliff entgegenglotzte, war eben nicht sein Ich, sein wahres inneres Ich, wie es sich abseits aller täuschenden Spiegelungen für ihn persönlich darstellte. Wahrheit und Anschein klafften demzufolge weit auseinander. Denn bei der Vorstellung seines tiefsten Innersten saß kein lauernder Vogelkopf auf schmalen, knochigen Schultern, der zudem mit einer langen Hakennase gestraft war, unter der zum Spott seiner Mitmenschen eine unansehnliche Warze klebte. Da zeigte sich kein fliehendes Kinn, das fälschlicherweise Hemmung und Scheu ausdrückte. O nein, so sah er sich nicht, auch wenn ihn sein leibliches Ebenbild im verstaubten Album derartig verhöhnend daran erinnerte. Gott sei Dank gab es nicht sehr viele Bilder von ihm. Aus seiner Kinderzeit und Jugend besaß er überhaupt keine mehr, die waren sämtlich bei dem schlimmen Bombenangriff verbrannt. Einzig die Schnappschüsse aus seiner Ehe, und da vor allem jene aus der einigermaßen freudvollen Anfangszeit, wenn man die schmerzvolle Lücke unberücksichtigt ließ, welche die Kinder mit ihrem allzu frühen Ableben gerissen hatten.

Zunächst zaghaft, dann immer hektischer blätterte er die Seiten um, wobei er penibel darauf achtete, dass das dazwischenliegende Zellophanpapier keine hässlichen Knicke bekam. Nun bemerkte er anscheinend zum allerersten Mal, was für eine aparte Frau seine Hedwig früher gewesen war. Geradezu hinreißend sah sie in dem eng anliegenden, körperbetonten Kostüm aus, dessen ein wenig zu kurz geratener Rocksaum keck ihr nylonbestrumpftes Knie umspielte. Das Kostüm hatte sie sich in langen Nächten aus einem schlichten Vorhangstoff genäht, den sie noch aus dem zerstörten Elternhaus retten konnte. Dazu das mondäne, hoch toupierte Haar, wie man es von den attraktiven Mannequins auf der ersten Seite der Modejournale her kannte.

Herr Jonas erinnerte sich noch genau, dass die schrägen Blicke seiner Kollegen vom Standesamt am Tag seiner Trauung erstaunte Anerkennung verrieten, so als hätten sie ihm diese schmucke, ansehnliche Frau nicht zugetraut. Warum hatte er ihr eigentlich nie gezeigt oder ihr wenigstens einmal gesagt, was sie ihm wirklich bedeutete? Warum bloß hatte er all die Jahre diese Mauer aus Schweigen und Unnahbarkeit zwischen ihnen errichtet? Mochte es anfangs purer Selbstschutz gewesen sein, um sich mit seiner nach außen demonstrierten Gefühlskälte vehement dagegen zu wehren, dass ihn trotz seiner Impotenz immer wieder Sehnsüchte nach körperlicher Liebe plagten. Ein undurchlässiges Bollwerk hatte er gleich nach seiner Heimkehr aufgebaut, um sich gegen Amors Pfeile zu Wehr zu setzen, die, von Entbehrung und Verlangen geschmiedet, aus Hedwigs treuem Herzen auf ihn abgeschossen wurden. Wie aber auch hätte er ihrem lustvollen Verlangen nachgeben können? Wie hätte er ihr den Wunsch nach einem Kind erfüllen können? Einem Kind, das sie untrennbar aneinander band. Wie hätte das geschehen sollen? Er war eben kein vollwertiger Mann mehr, diese »Männlichkeit« musste er in Russland zurücklassen. Wochenlang hatte er wie ein schamhafter Pennäler herumgedruckst und allerhand Ausflüchte ersonnen, nur damit er nicht mit ihr intim zu werden brauchte. Wochenlang wollte er vor ihr verstecken, was nicht für alle Zeit zu verstecken war. Und als er ihr es endlich beichten konnte, wollte, musste, warum es sich so verhielt, wie es sich bei ihm verhielt, da hatte sie hemmungslos geweint. Aber sie hatte nicht um sich geweint. Nein, das hatte sie nicht, sie hatte um den Mann geweint, der dennoch – oder gerade, ohne Wenn und Aber – der ihre war; der fern von ihr in dem ihr unbekannten, unheimlichen Russland so viel Leid und Schmerz ertragen musste.

Was Herr Jonas für immer und ewig in der Schublade verschlossen halten wollte, so als behüte er gleichermaßen die Angst machende Erinnerung sicher aufbewahrt in einem inneren Safe, kam nun beinahe real und entfesselt auf ihn zugestürmt, dass ihn das Entsetzen packte. Unsichtbare Schreckensgeister drangen massiv auf ihn ein. Schlimme Bilder, hässliche Worte und beklemmende Gefühle krampften sich plötzlich um seine verängstigte Seele. Geistesabwesend, Zeit und Raum hinter sich lassend, war ihm, als würde er von Spukgestalten gewaltsam zurück zu jenem lausig kalten Ort gezerrt, an dem – von aller menschlichen Zivilisation verlassen – das Unfassbare geschah. Schutzlos zusammengekauert sah er sich im harschigen Schnee neben einer schäbigen Baracke liegen. Fast sah es so aus, als habe ihn der frostige Schoß einer unwirklich erscheinenden Landschaft wie eine Missgeburt herausgepresst, während, vom höhnischen Gelächter der

Kameraden begleitet, nagelbesohlte Stiefelspitzen rhythmisch und vorausschaubar in sein inzwischen taub gewordenes Geschlechtsteil traten. Von schräg unten nach oben blickend studierte der Kriegsgefangene Friedbert Jonas beinahe wie ein Unbeteiligter aufmerksam das Gesicht des Treters. Er studierte ihn so, als müsse er sich das sardonische Tretergesicht für eine zukünftige Zeugenaussage vor dem Jüngsten Gericht einprägen. Feist und vollgefressen war es. Es schwitzte, obgleich die Lippen darin blau gefroren waren. Im Halbkreis konnte er weitere Fratzen über sich gebeugt ausmachen, die, fahl und ausgemergelt wie kreideweiß geschminkte Zirkusclownsmasken, unnatürliche Freude ausdrücken. Aus ihren aufgerissenen Mundlöchern flatterte Spottgelächter, das sich wie das ohrenbetäubende Gekrächze exotischer Papageien anhörte, während sein von den brutalen Misshandlungen zahnloser Mund den aschgrauen Dezemberschnee blutrot färbte. Eine heiser gurgelnde, sich gackernd überschlagende Stimme übertönte mit einem Male das kehlige Einerlei ringsum. »Nun schau sich mal einer den an«, kreischte die Stimme frohgemut. »Unsereiner weiß nicht, womit er sich den leeren Magen füllen soll, und der hier darf sich nachher an seinen Rühreiern laben!«

»Hahaha«, hallte es daraufhin wie aus einem missgestimmten Gefangenenchor.

»Das kommt davon, wenn man Kameraden verpfeifen will«, spottete der Treter zum finalen Schlussakkord, wobei ein letzter unkontrollierter Tritt tief in Jonas' Eingeweide schnitt.

An diesem schmierig düsteren Winternachmittag, irgendwo weit hinter dem Ural, wo längst das Rückgrat der Welt sein Ende gefunden hatte, opferte der degradierte Obergefreite und »ehemalige Mensch« Friedbert Jonas dem bereits verstorbenen Führer Adolf Hitler, vollkommen sinnlos und unfreiwillig, seine Eier! Er opferte sie stellvertretend einem jener Kameraden, die sich im Lager die Gunst der Russen erwirkt hatten und nun in ihrer Sonderstellung privilegiert waren, ihre eigenen Landsmänner zu überwachen und sie beim kleinsten Vergehen aufs Härteste zu bestrafen. Sie bestraften, damit sich die Sieger des Krieges nicht an den ohnehin gedemütigten Verlierern selbst die Hände beziehungsweise die Stiefel schmutzig zu machen brauchten.

Das Urteil über Friedbert Jonas war eindeutig und lautete einstimmig auf *Kameradenschwein*. Und Schweine mussten sich im Dreck suhlen, lautete der einhellige Vollzug! Dabei hatte er es mit seinen Schicksalsgenossen nur gut gemeint, als er in seiner Stube achtsam verlauten ließ, diejenigen an höchster Stelle zu verraten, die einen Fluchtversuch planten. Und somit nahm die Ungerechtigkeit ihren Lauf. Dabei hätte ihm die Mehrheit der Kameraden doch dankbar sein müssen. Denn egal wie der Fluchtversuch Einzelner ausgegangen wäre, alle hätten unter der unweigerlich folgenden Strafe der Russen leiden müssen, alle ohne jede Ausnahme.

Diese Ungerechtigkeit, die ihm daraufhin schmerzhaft widerfuhr, wurde für Herrn Jonas quasi zu einem geistigen Urknall, aus dem sich für sein weiteres Leben ein ganz individueller Weltenplan formte. Nämlich das allumfassende Prinzip einer geradezu kosmischen Ordnung, die er von nun an auf sich und seine Mitmenschen anwenden wollte. Denn auf die Zukunft hin betrachtet, konnten seiner Meinung nach nur noch Moral und Disziplin die Menschheit von derartigen Auswüchsen wie Krieg, Totschlag, Mord und Gewalt im Allgemeinen abhalten. In einem Anflug von aufwallender Weltenrührung schwebte ihm vor, dass einzig durch die strikte Einhaltung der staatlichen Gesetze, die unabdingbar auf einer christlichen Werteordnung basieren sollten, das Gemeingut sowie »Leib und Leben« geschützt und bewahrt werden konnten. Und demnach empfand er sich selbst, durch Schmerz und Erniedrigung geläutert, als lebendes Fanal gegen die jetzige, geistig sittliche Zerstörung in der Welt.

Erneutes Gekrächze riss den Träumer abrupt aus seinen quälenden Traumgespinsten. Aber diesmal war es das Geschrei des Vogels in der Stube, der unter ausgelassenem Gehabe munter seinen Schnabel an dem runden Spiegel wetzte, welcher zu seinem launigen Zeitvertreib im Käfig hing. Für einen klitzekleinen Moment meinte Herr Jonas erschrocken, wiederum das Lachen der barbarischen Meute gehört zu haben.

Während er das Tierchen beim innigen Spiel mit sich selbst beobachtete, kam er ins Grübeln. Es machte dieser Kreatur sichtlich große Freude, sein Spiegelbild derart zu liebkosen. Aber täuschte ihm der Spiegel nicht nur einen liebenden Partner vor, sodass seine leutselige Hingabe nichts weiter war als Eigenliebe?

Liebe, Liebe, Liebe ging es Herrn Jonas durch den Kopf. Und er stellte sich ganz profan die Frage, was Liebe denn überhaupt sei. Hatte er in seinem Leben je richtig geliebt? Hätte er wahrhaftig lieben können, wenn er als vollwertiger Mann aus der Gefangenschaft zurückgekehrt wäre? Wenn er sich demzufolge Hedwig von Zeit zu Zeit im Bett mal ordentlich hätte vornehmen können? Hätte er ihr dann guten Gewissens »Ich liebe dich« ins Ohr hauchen können? Hätte sie allein aus diesem Grund auch für ihn Liebe empfinden müssen? Aber, ab dem wievielten Mal wäre es zur Gewohnheit geworden? War Gewohnheit gleichzusetzen mit der Liebe? In erster Linie hätte er mit dem Akt der Begattung doch sich selber befriedigt und, wenn er sich nicht allzu dumm dabei angestellt hätte, ihrer Erwartung entsprechend auch sie. Wie es auch sei, beide hätten unter dem trügerischen Schein, ähnlich wie der Vogel es mit dem Spiegel tat – nämlich einem imaginären Partner Liebe verschenken zu wollen – nichts weiter getan, als das eigene Ich zu lieben und zu befriedigen! Demzufolge war Liebe wohl mehr oder weniger etwas ganz anderes, als vordergründig die körperlichen Begierden zu stillen. Liebe war doch kein Leistungssport, bei dem man sein Menschsein an den nachweisbaren Leistungen und Erfolgen maß.

Wegen all dieser Fragen, die er sich stellte, und wegen all dieser Überlegungen wurde ihm immer klarer, dass selbst Gewohnheit und Treue nicht die eigentlich wahre Form der Liebe sein konnte. Weil man den anderen mit all seinen Fehlern und Sonderheiten nicht liebte, sondern tagtäglich ertrug ... duldete. Selbst dann liebte man ihn nicht, wenn man ihm die nötige Wärme und Zuneigung entgegenbrachte, die der Mensch braucht, um nicht in seinem Alleinsein seelisch zu verkümmern. Auch hier wäre die weltliche Liebe nichts weiter als reine Selbstbefriedigung. Wahre Liebe musste also etwas Himmlisches sein, der Welt abgewandt! Ja, so musste es sein!

Herr Jonas aß noch ein köstliches Spritzgebäckplätzchen und trank einen Schluck vom mittlerweile kalt gewordenen Kaffee. Auch Peterle widmete sich erneut seinem sichtlich schmackhaften Hirsekolben. Doch plötzlich stutzte Herr Jonas. Indem er auf dem Plätzchen herumkaute, erkannte er einer geistigen Eingebung folgend den eigentlichen Grund, der unweigerlich zum Scheitern dieser himmlischen Liebe führen musste. Nämlich weil sich durch das niedere Bedürfnis, essen zu müssen, jegliche Kreatur aus reinem und rücksichtslosem Überlebenswillen selbst ins Zentrum des Universums stellte, um dessen Mitte sich letztendlich alles kreisen musste und sollte. Somit konnte sich aus der individuell wahrgenommenen Wichtigkeit seiner eigenen Person anstatt einer reinen, wertfreien Liebe nur ein Liebe vortäuschender Egoismus entfalten. Also lag die einzig logische Lösung darin, die Quelle der reinen, wahren Liebe – Gott – ins Zentrum seines Lebens zu stellen, eben weil diese unerschöpfliche Liebe nicht an das irdische Vorteilsdenken gebunden war.

So blieb ihm nach reiflicher Überlegung die Schlussfolgerung, dass, wer Gott liebte, automatisch auch die Menschen und überhaupt die gesamte Schöpfung liebte und beiden, Mensch und Schöpfung, mit dementsprechender Würde gegenübertrat. Hier bekam die Floskel von der Würde des Menschen ihren bedeutungsvollen Sinn. Die Liebe ergab Sinn! Und wenn er weiter darüber nachdachte, dann war er mit einem Male davon überzeugt, dass seine Hedwig ihn derartig von Herzen geliebt hatte.

Dicke Schweißperlen standen ihm auf der Stirn. Der Wein und der starke Kaffee, die Erkenntnis seines eigenen Scheiterns in Sachen Liebe und die unerträgliche Hitze im Raum taten das Übrige, Blut und Nervenkostüm in Wallung zu bringen. Er griff, um sich augenblicklich Entspannung zu verschaffen, zu einer echten Havanna. Ungeschickt biss er die Spitze des Tabaks ab, spuckte diese lässig auf den Boden und entzündete die lang und fest gerollten, trockenbraunen Blätter. Qualm kräuselte sich kurz darauf um sein weißes Haupt, wie dünne Sommerwolken den Gletscher eines Berges umnebelten. Im gleichen Atemzug, als er das starke Nikotin in seine ohnehin verätzten Bronchien inhalierte, stieß er unter einem erbärmlichen Hustenanfall blutigen Schleim hervor. Herr Jonas krümmte und wand sich, wobei er die glühende Zigarre in die halb geleerte Tasse tunkte, wo diese zischend erlosch. Als der Anfall vorüber war, japste er noch eine Zeit lang, dass es aussah, als schnappe ein aus dem Wasser gezogener Fisch nach dem Leben. Das Taschentuch vor den Mund gepresst, schaffte er es schließlich, krumm gebeugt und schwankend zum Fenster zu gelangen. Er riss es förmlich auf, als käme nur noch aus der Weite des Raumes Rettung für ihn. Jetzt erst wurde ihm bewusst, in welch abgestandener, schlechter Lufthülle er sich die ganze Zeit aufgehalten hatte. Essensgerüche, Körperdünste, Tabaksqualm, verbrauchter Lebensatem, Spießigkeit, all das umgab ihn, und er hatte das Gefühl, sein ganzes Leben in solch unerträglichem Vakuum von muffiger Aussichtslosigkeit gefangen gewesen zu sein.

Es brauchte eine ganze Weile, bis seine Atmung den ruhigen, gleichmäßigen Rhythmus wiedergefunden hatte, auch wenn ihm keineswegs ein frisches Lüftchen von draußen die erhoffte Abkühlung spendete.

Ein Gewitter zog herauf! Gelbschwarze Wolkenberge türmten sich bedrohlich über Stadt und Land. Selbst die Atmosphäre schien vor dem Kommenden zu erstarren. Kein Hauch bewegte irgendwas. Die Straßen zeigten sich ausgestorben, als verstecke sich die Welt vor einem fürchterlichen Gottesgericht.

Schon wieder kam ihm Gott ins Bewusstsein. Im tiefsten Herzen wollte er Gott verdrängen, aber Gott war anscheinend stärker als er. *Gott ergießt sein Donnerwetter über Sünder und Büßer in gleichem Maße*, dachte sich Herr Jonas. Ja, das war seine unerklärliche Gerechtigkeit. Da gab es nicht einen, der davon ausgenommen wurde.

»Hm, hm, hm«, brummelte er besorgt, »wenn nicht bald mein Besuch kommt, gerät er mitten in das Unwetter hinein.«

VII

Die Hitze wurde immer unerträglicher. Der Gang zum Klo hatte
ihm gut getan, weil es in dem klammen, steinigen Treppenhaus für
einen Moment angenehm kühl war. Gott sei Dank war die Woyzeck
zu ihrer Schwester nach Wuppertal verschwunden, sodass sie ihm
nicht auflauern konnte. Nach einer einseitigen Unterhaltung mit ihr
stand ihm nun wirklich nicht der Sinn. Er achtete noch nicht einmal
darauf, dass sein Fuß geringschätzig auf die Zeitung trat, die sie ihm
freundlicherweise wie gewohnt auf die Matte gelegt hatte.

Nun verweilte Herr Jonas mit gebeugtem Buckel am Spülbecken
und ließ sich fließend kaltes Wasser aus der Leitung über die Innen-
seiten der Handgelenke laufen. Ein alter Trick, um sich zu erfrischen,
den er damals im Amt oft angewandt hatte, wenn ihm die viele Arbeit
über dem Kopf zusammenzubrechen drohte und sich die Sommer-
sonnenglut flirrend zwischen den muffigen Akten staute.

Draußen hinter dem weit geöffneten Fenster schien es, als halte
die Natur erschrocken den Atem an. Die Ruhe vor dem Sturm? Auch
der Vogel saß mit aufgesperrtem Schnabel auf seiner Stange, und es
sah ganz so aus, als würde er in seinen letzten Zügen hecheln. War das
schon der heiße Odem der Hölle, der vom erhitzten Asphalt hoch ins
Zimmer wehte? War die vertrocknete Erdenkrume da unten schon
unter Stöhnen aufgebrochen, um wie ein gieriges Maul die reife Ernte
über sich einzufahren?

Wirre Gedanken gingen ihm durch den Kopf. Ohne sich die Arme
abzutrocknen, ließ sich Herr Jonas nun völlig erschöpft zurück in die
Polster seines Sofas sinken. Die Uhr schlug laut und drängend fünf
Mal. Bald war es wieder Zeit, das Abendbrot anzurichten. Eigentlich
war er noch rundum satt. Er konnte sich nicht daran erinnern, in
letzter Zeit jemals so viel gegessen zu haben. Aber es schickte sich
nicht, die eingekauften Lebensmittel verderben zu lassen. Seit er in

Gefangenschaft gewesen war, ließ er nichts mehr umkommen, nicht einmal einen winzigen Krümel. Zu viele fleischliche Entbehrungen musste er seinerzeit hinter dem Stacheldraht des Lagers hinnehmen. Und wer einmal am eigenen Leibe verspürt hatte, wie schmerzlich der Hunger in das leere Gekröse biss, derjenige sah von da ab alles Essbare als einen, als *seinen* kostbaren Schatz an.

Ach, was wusste die heutige Generation schon von Hunger und Verantwortung. Immer fetter und behäbiger wurden sie, die verwöhnten Wohlstandskinder. Und nicht nur einmal wünschte Herr Jonas sich, nur so zu Übungszwecken, eine schlechte Zeit für sie herbei, wenn er auf seinen Streifzügen durch die Stadt überall verstreut die angebissenen Essensreste liegen sah, die von dieser gewissenlosen Bande achtlos weggeworfen wurden.

»Ja, ja, die Maßlosigkeit ist ein schleichend süßes Gift«, kommentierte er dann verächtlich das Gesehene. Und im Angesicht des moralischen Verfalls ringsumher schoss ihm blitzartig der im Grunde aberwitzige Gedanke in den Kopf, dass bei Adolf doch nicht alles schlecht gewesen war, wenn man Zucht und Ordnung als vordergründige Messlatte für ein geordnetes gesellschaftliches Miteinander bestimmte.

»Nun ja«, relativierte er umgehend, »wenn er bloß den Krieg nicht angezettelt hätte, der Hitler.« Aber hatte er ihn denn angezettelt? Stand die russische Armee denn nicht längst aufgerüstet zum Angriff bereit, um ihren Kommunismus in alle Welt zu tragen? Und waren es nicht die »anderen«, die Deutschland den Krieg erklärt hatten? Da brauchten sich die Franzosen doch nicht wundern, wenn die Deutschen deren Kriegserklärung ernst nahmen.

Oje, Politik, das war auch so eine Wissenschaft für sich, wer blickte da schon durch? Er war zu der Philosophie gelangt, dass Politik eigentlich darauf ausgerichtet sein sollte, anstatt immer nur Zukunft gestalten zu wollen, hauptsächlich die Vergangenheit ins Visier ihres Denken und Tun zu nehmen. Denn was von Politik übrig blieb, war immer nur Vergangenheit. Nach Herrn Jonas' logischer Schlussfolgerung lebte der Mensch von und in seinen Erinnerungen, also in und von seiner Vergangenheit. War es da nicht sinnvoll, in der Gegenwart alles dafür zu tun, dass der Mensch nur schöne Erinnerungen hatte? Bei dieser Überlegung, so meinte Herr Jonas schließlich, wären die unmenschlichen Verbrechen an den Juden sicherlich nicht zum Stigma seiner und folgender Generationen geworden. Ganz abgesehen davon, wie viel ungerechtes Leiden und Schmerzen über dieses Volk in all den Jahrhunderten hereingebrochen war. Aber allein in diesem Punkt war Herr Jonas fest davon überzeugt, dass er sich nichts vorzuwerfen habe. Ihm könnte man diese »Sauerei« bestimmt nicht anlasten. Und doch musste er, genau wie die meisten seiner Generation, bis zum heutigen Tag mit diesem Stigma leben. Wer jetzt noch das Wort *Heimat* oder *Nationalbewusstsein* in den Mund nahm, fraß automatisch die persönliche Verantwortung für alles, was in den wenigen Jahren des braunen Verbrecherregimes »im Namen des Volkes« an Gräuel und Schandtaten verübt worden war. So lange kaute man darauf herum, bis einem der ungenießbare Brei von Tradition und Ehre für immer und alle Zeit zum Halse heraushing. Nein, nein, da wollte man lieber gleich auf diese ungenießbare »Kost« und von vornherein auf alles und jedes verzichten, was über Jahrhunderte die eigene Kultur, Herkunft und Zugehörigkeit ausgemacht hatte. Bloß nicht in den Verdacht geraten, ein »ewig Gestriger« zu sein.

Mann oh Mann! Ihn kotzte sein jetziges Leben nur noch an. Das war nicht mehr seine ihm geläufige Heimat, mit der er sich von Kind an identifizieren musste und auch wollte. Ein Heimatverständnis, das ihm schließlich von den Ahnen vererbt worden und bis tief ins Blut vertraut war. Umzingelt von Völkern aus aller Welt, von fremden Gewohnheiten und Bräuchen, fühlte er sich nun als Entfremdeter im eigenen Land. Hier gehörte er nicht mehr hin. Alle ihm anerzogenen Werte waren um ihn herum zusammengebrochen. Zusammengebrochen wie fünfundvierzig einst die Grundmauern seines geliebten Deutschlands. Was danach rasch und gewinnträchtig als glorreicher Neuaufbau anmutete, war in Wirklichkeit ein totaler Abbruch alter Ideale, quasi die Zerstörung seines persönlichen Fundamentes der erlebten und gelernten Erfahrungen. Wo und wie sollte er nun noch seelischen Halt finden, wenn die verheißungsvolle Zukunft, in die der Zeitgeist ihn damals mit seiner Geburt geschubst hatte, nichts weiter war als eine windige Fantasieblase? Für ihn, Friedbert Jonas, war dieser Zeitgeist zum närrischen Schreckgespenst geworden!

Weit und breit nur Dunkelheit. Kein Lichtschein am Horizont. Einzig von seinem Besuch erwartete er sich die Bereinigung all seiner aufgestauten Probleme und all seiner maßlosen Unzufriedenheit. Was konnte er denn von sich aus noch tun? Zu mehr als einer symbolischen Handlung war er doch nicht mehr fähig. Und so nahm er entschlossen das schändliche Einschreiben der neuen Wohnungsbaugesellschaft aus der Obstschale. In tausend Fetzen riss er die Kündigung, mit der man ihm die Vernichtung seines ihm vertrauten Lebensraumes androhte, und warf sie in den Aschenbecher. Kurz darauf, nachdem er ein Streichholz entzündet hatte, flammten diese auf. Wie ein ums Feuer springender Kobold freute er sich im Geiste, als im geriffelten Glas zwischen schwarz kräuselndem Rauch bläulich grüne Flämmchen blakten, die nur darauf aus waren, die schlechte Nachricht zu vernichten. *So müsste man all seine Sorgen loswerden*, dachte er sich. Einfach den Gashahn aufdrehen und nach einer Weile ein Streichholz entzünden. Rums, und die ganze Bude hier würde in die Luft fliegen – mit ihr all sein nagender Kummer, auf dass dieser ein für alle Mal in den aufsteigenden Trümmerschwaden verschwände.

Herr Jonas schüttelte den Kopf über seine eigene Dummheit, denn die zurückbleibende Asche wäre wiederum der fruchtbare Nährboden für neues Unheil. Nie würde es eine unbekümmerte Zufriedenheit geben, nie, solange die Erde sich drehte. Er überlegte angestrengt, was es denn sei, was das Leben dauerhaft beeinträchtigte. Was tagtäglich, Stunde für Stunde, die Entschlossenheit für ein befreites Tun lähmte. Sodass man in den meisten Fällen genau im Gegensatz zum eigentlichen Willen handelte.

Und da stand sie plötzlich vor ihm, die Antwort. Direkt gegenüber vom Tisch im stinkenden Schwadendunst der verbrannten papiernen Drohung. Schwarz, groß und unheilschwanger stand sie da … die Angst. Und es fiel ihm wie Schuppen von den Augen.

Ja die Angst war es, die das Leben einengte, die einen daran hinderte, von der Last der Knechtung befreit, als kreativer Schöpfer durch die Welt zu ziehen, hinter dessen Spuren das Paradies aufblühen könnte. Der Mensch sehnte sich doch mit jeder Faser seines Seins nach Schönheit und Reinheit, aber unter seinem zerstörerischen Fuß konnte nichts Köstliches gedeihen. Anstatt gegen alles und jeden zu kämpfen, sollte der Mensch in erster Linie seine eigene Angst bekämpfen. Das wäre aus Herrn Jonas' Sicht der Schlüssel zur Toleranz.

Gerade in diesem Augenblick, da er an die Angst dachte, kroch sie heimtückisch in ihn hinein, nahm Besitz von ihm und füllte ihn gänzlich aus. Sie schnürte ihm die Brust zu, trieb lodernd sein Blut an und fraß ganz despotisch seine vernunftgemäßen Gedanken und machte ihn machtlos gegenüber seiner antrainierten Unbeugsamkeit, jederzeit Herr über die Gefühle zu sein.

»Die Angst ist der wahre Herrscher über die Menschheit«, stöhnte er ergeben. »Sie zerstört und lässt erstehen, ohne dass ich, ich Friedbert Jonas, nach jedem Scheitern erneut wie Phönix aus der Asche emporsteigen kann. Ich habe keine Kraft mehr aufzubegehren!«

Wer aber trug die Schuld für seine Angst? Wen konnte er im Nachhinein dafür verantwortlich machen? Warum war sie ihm zeitlebens zum treuen Begleiter geworden? Er hatte sie nicht gerufen, die Angst! Aber vom ersten Tag seines Lebens an hatte man sie ihm gegen seinen Willen eingeprügelt. Vom ersten Tag, an dem er sich seiner menschlichen Existenz bewusst wurde. Von Geburt an also, als die Hebamme ihn an den Beinen hochhielt und ihm unbarmherzig einen Klaps auf den Po gab. Und mit jedem Schlag, den ihm der Vater in den frühsten Jahren seines Heranwachsens versetzte, wuchs auch sie mehr und mehr heran. Gleichwohl gedieh sie durch böse Worte, Mahnungen und Drohungen, die er ebenfalls von allen Seiten wie die nahrhafte Muttermilch aus seinem jungen Dasein saugte. Und hatte man die Angst erst einmal gekostet, wurde man sie nie wieder los, dessen war er sich sicher. Aber es gab nicht nur eine einzige Angst, es gibt ein ganzes Heer von Ängsten. Und der unschlagbare Heerführer dieser Armee hieß Tod. Ihm ordneten sich all seine streitbaren Geister unter, und ihre äußerst wirksamen Waffen nannten sich Schmerz, Not, Unheil, Krankheit, Verlust. Das war ihm gegenwärtig in seinem hohen Lebensalter und mitten in seinen muffigen Polstern deutlich geworden.

Weiter sinnierte er, dass es möglicherweise nur einen einzigen Moment im Leben eines Menschen gab, in dem er völlig frei wäre von der Angst. Und das war vermutlich der Augenblick, in dem er unwiderruflich aus dem Leben über die Grenze ins Jenseits schritt. In diesem klitzekleinen Bruchteil einer Sekunde wurde ihm vermutlich die Gnade zuteil, alles loszulassen, woran er sich zeitlebens ängstlich geklammert hatte. Sodass dieses kurz beschiedene Gefühl von Freiheit und Unbeschwertheit wohlmöglich der wahre Kern menschlicher Wirklichkeit war?

O ja, es hatte auch in Herrn Jonas' Leben Momente gegeben, in denen er eine klitzekleine Ahnung von dem bekam, wie es sich anfühlte, wenn die Seele, ungeachtet aller körperlichen Qualen, zu ihrem Recht kam. Leider schmeckte er diese rare innere Freiheit nur im Traum – und da auch nur wenige Male zur Kinderzeit. Nämlich immer dann, wenn er träumte, fliegen zu können. Wie ein Vogel, oder gar ein Engel, flog er mit mächtigen Schwingen über weite blühende Landschaften, über bewaldete Berge und grüne Täler, und er hätte stumm schreien können vor lauter Glück und Wonne. Wenn er dann am Morgen von dem einzigartigen Erlebnis erfrischt erwachte, wollte er dieses Glücksgefühl in sich bewahren, solange es nur ging. Doch kaum hatte er die Augen geöffnet, vergruben die Pflichten des Tages, die sich wie steinerne Mahnmale in den Ecken seines Zimmers türmten, augenblicklich alle gewonnene Leichtigkeit unter sich.

Seltsam! Was war gerade in ihm vorgegangen? Jetzt, da das Unheil von allen Seiten vernehmbar aufbrodelte, in der Ferne schon ahnungsvolles Grummeln den Himmel erzittern ließ, die stickige Hitze und der beißende Rauch im Raum die soeben unmittelbar erschienene Angst zum Leibhaftigen gemacht hatte, gab ihm die Deutung seiner Fantasiegebilde nun das tröstliche Gefühl, dennoch ein Sieger zu sein. Zunächst noch zaghaft, doch immer stärker überkam ihn das mächtige Gefühl eines Sieges. Nämlich eines Sieges über die lähmende Angst. Denn aus dem tiefschwarzen Dunkel der Verzweiflung hatte er soeben in seinem entrückten Hirngespinst diesen einen gleißenden Lichtpunkt entdeckt. Den wahren, den leuchtenden Kern seiner ewigen Wirklichkeit. Das nie verlöschende Feuer seiner Seele. Ja, davor war in diesem denkwürdigen Augenblick selbst seine Angst entflohen! Hinzu kam ihm die Eingebung, dass mithilfe seines Besuches endgültig die Spirale der Angst unterbrochen würde! Und dieser Gedanke beruhigte ihn zusehends.

Beschwingt stand er auf. Leichtfüßig trat er an die Musiktruhe. Vergnügt summend nahm er den großen, braunen, kitschigen Porzellanhund mit dem aufgerissenen Maul, aus dem seitlich eine rosige Zunge heraushing, von der Oberseite des Gerätes. Legte noch den einen oder anderen Schnickschnack beiseite, der sich ebenfalls auf der Truhe befand, und öffnete frohen Mutes den Deckel. Nur wenige Schallplatten befanden sich in dem dafür vorgesehen Ständer. Mit sicherem Griff fand er die Aufnahme, die er sich anhören wollte. Er hielt die schwarze Scheibe eine Weile mit träumerischem Blick in den Händen und las laut den Titel, der auf dem Etikett angegeben war. *»Ein Stern fällt vom Himmel* – Josef Schmidt.« Dieses Lied wollte er jetzt in diesem Augenblick zum Leben erwecken. Ihn drängte innerlich danach, in jene Phase der Vergangenheit zurückzukehren, die ihm für wenige, aber selige Stunden von Herzen wohl gesonnen war.

Im Juni 1933 betrat er als Dreizehnjähriger und von Schüchternheit gehemmt das Odeon-Theater, um sich den Film *Ein Lied geht um die Welt* mit Josef Schmidt anzusehen, dem begnadeten, aber leider ein wenig zu klein geratenen Tenor in der Hauptrolle. Seitdem berührte ihn diese außergewöhnliche Stimme bis tief ins Mark hinein. Hinzu kam, dass dieser ansonsten unscheinbare Mensch trotz seines körperlichen Makels allein wegen seines Raum füllenden Auftrittes und seiner künstlerisch hochwertigen Darbietung die Kraft und den Ausdruck besaß, um seine wirklich menschliche Größe absolut in den Vordergrund zu stellen, sodass niemand auf die Idee gekommen wäre, diese nur im Geringsten anzuzweifeln. Diese metaphysische Größe hatte dem jungen Friedbert Jonas damals sehr imponiert. In den Wirrungen und Irrungen seiner Pubertät und der eigenen körperlichen Ungeratenheit fand er an dessen Vorbild, zumindest für eine nicht unbedeutende Weile, jenen inneren Halt, der es ihm durch sein verändertes Auftreten ermöglichte, die äußerst flüchtige, aber im Herzen dauerhafte Liaison mit einem reizenden Mädel zu finden. Sie hieß Agnes, Agnes Vögelein, ein fürwahr flatterhaftes Ding. Er lernte sie drei Jahre später im Amt kennen, als er dort seine hoffnungsvolle Laufbahn als Verwaltungsangestellter begann. Sie war nur unbedeutend älter als er, aber sie wirkte mit all den verführerischen Attributen des weiblichen Geschlechts, wenn auch noch in der Blüte ihrer Jugend, schon wie eine reife Frau. Wo und wie er nur konnte, suchte er ihre Nähe. Berauschte sich an ihrem warmen Duft und verwahrte das Knistern und Rascheln ihrer wehenden Röcke für die langen schlaflosen Nächte, in denen er an sie dachte, behutsam in seinem Gedächtnis. Zu seiner anfänglichen Verwunderung wollte das Schicksal es schließlich so, dass sie sich überraschend schneller näher kamen, als er je zu hoffen wagte und vor allem sich bisweilen zu trauen gedachte. Und das kam so:

Ende November des gleichen Jahres erhielten er und Fräulein Vögelein vom Amtschef höchstpersönlich die ehrenvolle Aufgabe, gemeinsam im Foyer der Stadtverwaltung den zu dieser Jahreszeit üblichen Weihnachtsbaum zu schmücken. So geschah es dann auch. Es war schon eine recht kühne Behauptung von ihm gewesen, ihr zu sagen, er wäre nicht schwindelfrei, nur damit sie vor ihm auf die Leiter steigen sollte. Insgeheim erhoffte er sich, dass sie ihm bei einem Fehltritt in die Arme fallen würde. Dabei befürchtete er, vor Aufregung selber hinabzustürzen, als er mit zaghaftem Griff an ihre strammen Oberschenkel packte, um ihr den sicheren Halt zu geben, während sie, die Arme weit hochgereckt, mit Bedacht und Vorsicht der Spitze des Baumes einen gläsernen Engel aufdrückte. Danach war es jenes raffiniert verführerische Lächeln gewesen, mit dem sie ihn beim Abstieg von der Leiter bedachte und in ihm die Hoffnung auf eine beiderseitige Herzenswärme schürte.

Knapp drei Wochen später, am Ende einer launigen Weihnachtsfeier, schenkte Herr Jonas ihr, quasi zwischen Tür und Angel, die betreffende Schallplatte von Josef Schmidt – *Ein Stern fällt vom Himmel*. Die hatte er extra über riskante Umwege aus Österreich besorgen müssen, da die Musik des Sängers ob seiner jüdischen Herkunft mit einem Male in Nazideutschland verboten war. Mit einem flüchtigen Kuss auf ihre erhitzte Wange, die vom Genuss etlicher Gläser Bowle glühte, besiegelte der bis in die Haarspitzen verliebte Jüngling sein überaus romantisches Tête-à-Tête. Er schenkte ihr gerade dieses Lied, um schon alleine wegen des vielsagenden Titels ihr gegenüber auszudrücken, welchen bedeutsamen Stellenwert und welch großartiges, beinahe himmlisches Ereignis er mit ihrer liebreizenden Anwesenheit verband. Die erwünschte Wirkung ließ tatsächlich nicht lange auf sich warten. Schon direkt nach Weihnachten, als man es zwischen den Jahren in den Amtsstuben mit der Arbeit langsam angehen ließ, nutzte Agnes Vögelein in auffälliger Weise jede Gelegenheit aus, um dem jungen Kavalier schöne Augen zu machen. Leider war Friedbert Jonas von ihrem blendenden Lächeln blind geworden, denn sonst hätte er bemerken müssen, wie man hinter seinem Rücken tuschelte und lachte, sodass es einem Unvoreingenommenen sofort klar geworden wäre, darin ein abgekartetes Spiel zwischen ihr und den Kollegen zu entdecken, nur um den armen Verliebten zur Belustigung aller in schändlicher Art und Weise an der Nase herumzuführen. Und es dauerte noch eine ganze Weile, bis auch der bedauernswerte Narr bemerkte, dass diese Beziehung einseitig war. Unsanft, wie aus dem siebten Himmel der Liebe gestoßen, musste Herr Jonas schmerzenden Herzens mit ansehen, wie eines Tages der Schuft von Gerichtsvollzieher, der auf dem gleichen Gang, nur eine Stube weiter, sein Büro hatte, also wie dieser windige Charmeur die beinahe »zahme« Agnes Vögelein »auswilderte« und diese zu seinem ganz persönlichen »Freiwild« machte. Dieses »Vögelchen« hatte sich tatsächlich zu einem »Kuckuck« entpuppt, den er, Friedbert, im warmen Nest seiner Zuneigung großgezogen hatte.

Als schändlich und abscheulich hatte er die Schmach empfunden! Aber dennoch, auch wenn dieser Mistkerl von Gerichtsvollzieher ihm sozusagen vor den Augen das Liebste konfiszierte, so hatte er es nicht geschafft, ihm das unvergessene Gefühl der ersten Liebe zu pfänden, welches er bis zum heutigen Tag in der hintersten Kammer seines Herzens sorgsam verschlossen hielt. Nein, das einmalige Gefühl der ersten Liebe konnte ihm keiner mehr nehmen. Solch ein Gefühl ist ein Seelenpfand und unabhängig von materiellen Erinnerungsstücken. Auch wenn er es sehr bedauert hatte, dass die rührenden Briefe und Zettelchen, die man sich anfangs in den Mittagspausen zugesteckt hatte, in jener schon erwähnten Bombennacht von der Flammenglut vernichtet wurden. Genau wie die Schallplatte, die Agnes ihm übertrieben jammernd zurückgegeben hatte.

Trotz aller Enttäuschung, die das Agnes-Vögelein ihm bereitet hatte, hütete er dieses Erinnerungslied wie seinen Augapfel. So lange hütete er es, bis auch dieser »vom Himmel gefallene Stern« in Schutt und Asche verging. Erst viel später, als Hedwig unverhofft in sein Leben getreten war, erinnerte er sich daran. Und er wähnte, wünschte und erhoffte sich, wiederum mit diesem Lied eine neue, gleichwertige Romanze zu schüren. All seine verloren geglaubte Leidenschaft, die diese Aufnahme wieder in ihm erwecken sollte, wollte er ehrlich und mit bester Absicht auf Hedwig übertragen. Und so staunte diese nicht schlecht, als er bei dem Erwerb der Musiktruhe unbedingt darauf beharrte, Hedwig die Neuauflage von *Ein Stern fällt vom Himmel* zu schenken.

Da stand er nun, der alte vom Leben geplagte Mann, und lauschte auf das Knacksen und Knistern des Tonabnehmers, bis die ersten Töne der Musik den Raum erfüllten.

»Ein Stern fällt vom Himmel, ein funkelnder Stern bringt mir eine Botschaft von fern, von dem großen Glück ...«, sang Herr Jonas überspitzt laut im Duett mit der ebenso trällernden Stimme aus dem Lautsprecher, und er wiegte sich dabei von allem entrückt im Takt der Melodie, wobei er achtgeben musste, nicht über einen seiner losen Pantoffeln zu stolpern. Es war sicherlich nicht Hedwig, mit der er imaginär tanzte, sondern es war vermutlich Agnes, das treulose Luder.

VIII

Hatte da jemand geschellt? Da ging doch soeben die Türglocke!

Herr Jonas stellte die Musik leiser und lauschte angespannt. Nichts zu hören.

Gerade wollte er zum soundsovielten Male die Schallplatte starten, von der sich inzwischen, wiederum am Schluss angelangt, mit einem unüberhörbaren Knackslaut die Nadel abgehoben hatte, da ließ ihn ein neuerliches *Rrrring* aufschrecken.

War das endlich sein Besuch? Jetzt sollte er ihn empfangen, gerade jetzt, wo er doch bis durchs Hemd verschwitzt war? Wo ihm vom Wein und Tanz schwindelte und seine Gedanken sich im Kreis drehten?

Oje, er hatte den Gast in der Berauschtheit seiner Gefühle beinahe vergessen. Was sollte er nun tun? Mit zu viel reichem Glück hatte ihn die Erinnerung eben noch überschüttet, als dass er es, durch den störenden Einbruch des Fremden in die seltene intime Sphäre von seliger Freude, aufs Spiel setzen wollte. Aber konnte man den Eingeladenen durch plumpes Ignorieren vor den Kopf stoßen? Ließ dieser sich denn dauerhaft davon abhalten, den gerechtfertigten Einlass zu begehren?

Rrrring!

»Zum Teufel, ich muss nachsehen.« Zögerlich schlich Herr Jonas durch den Flur, stets darauf bedacht, nicht frühzeitig seine Anwesenheit zu verraten. Ein vorsichtiger Blick durch den Spion verriet ihm, dass sich niemand unmittelbar vor der Türe befand.

Rrrring!

Wieder schrillte die Bimmel hell. Sachte drückte Herr Jonas auf die elektronische Entriegelung der Hauspforte, wobei er bedacht die Etagentüre einen Spaltbreit öffnete. Nur so weit öffnete er sie, dass er mit seinem schmalen Kopf in das obere Treppenhaus spähen konnte. Unten wurde hörbar das schwere Portal aufgestoßen.

Schritte hallten dumpf bis an die hohe Decke über ihm, an der durch immerwährende Feuchtigkeit hässlich brauner Putz in losem Wellengebilde hing. Gedämpftes Gemurmel zweier Stimmen mischte sich kurze Zeit später in die entstandene Unruhe. Das Klirren eines Schlüssels, der vermutlich auf die Steinfliesen fiel, weckte Herrn Jonas' Neugierde. Er huschte zum Geländer und sah durch den tiefen Schacht der Treppenwindungen gerade noch, wie im Parterre zwei Gestalten in einer Wohnung verschwanden. Seltsam! Na, wahrscheinlich hatte sich jemand irrtümlich bei der Klingel verdrückt. Begleitet vom Knarren der Dielen ging Herr Jonas, zutiefst nachdenklich geworden, zurück in die Stube. Abrupt war ihm durch die lästige Störung die Lust vergangen, den Plattenspieler ein weiteres Mal in Betrieb zu nehmen. Außerdem ließen seine Kräfte nach. Die Zunge klebte ihm am Gaumen. So setzte er die Rotweinflasche gleich an den Mund, ohne den Rest des Weines erst noch umständehalber in das Glas zu schütten, und leerte sie gierig in einem Zug. Der schwere Wein würde ihn vollends betrunken machen, dessen war er sich sicher.

Ich war in meinem ganzen Leben noch nie richtig betrunken, dachte er verwundert. Aber im gleichen Moment, als ihm der Gedanke kam, revidierte er ihn sofort. *Doch, doch, wie konnte ich es nur vergessen haben?* Ein netter Kollege vom Amt hatte ihn vor vielen Jahren nach Dienstschluss im Ratskeller auf ein Bier eingeladen. Er müsse etwas Heikles mit ihm besprechen, deutete der ihm anscheinend Wohlgesonnene an. Hinter vorgehaltener Hand tat er dies. Geradezu konspirativ!

Was sollte er davon halten, hatte Herr Jonas sich damals überrascht gefragt. Sicher würde es wieder einer dieser abscheulichen Intrigen sein, denen er sich zum Spott und Hohn der anderen des Öfteren ausgesetzt sah. Aber weit gefehlt. So von Mann zu Mann gesprochen schien es, als würde man es wirklich gut mit ihm meinen. Zunächst waren es ja nur vage Andeutungen, die aber nach dem Genuss von etlichen Pils und ebenso vielen Kurzen deutlich sichtbar Gestalt annahmen. Und als man sich gegen Mitternacht kameradschaftlich in den Armen lag und sich gegenseitig lallend, schwankend und taumelnd ewige Verschwiegenheit schwor über das, was zuvor an Unglaublichem von Mund zu Ohr gegangen war, da gab es an der Aufrichtigkeit des gerade neu gewonnenen Busenfreundes, dem man gewissermaßen als Belohnung für seine gut gemeinte Enthüllung obendrein die gesamte Zeche zahlte, keinen Zweifel mehr.

Mannomann, das war ein Ding, damit hätte Herr Jonas nie gerechnet. Mit allem, aber damit nicht. Dass er aus bekannten Gründen im Bett ein Versager war, das war ja schlimm genug, aber dass Hedwig ihn obendrein betrog, das war wie eine zusätzliche, eine moralische Kastration für ihn. Wie hatte der Kollege sich in jener Nacht übertrieben rücksichtsvoll und sukzessive ausgedrückt? Immer dann, wenn er, Jonas, auf seinen Streifengängen war, ließe sich seine Hedwig von einem anderen »das Feld bestellen«!

Das war schon ein starkes Stück! Dabei hatte sie ihm immer auf Ehre und Glaube versichert, dass sie speziell in dieser Beziehung nichts bei ihm vermissen würde. Herrje, was hatte es anschließend für ein Donnerwetter gegeben, als er auf Zickzackkurs gegen vier Uhr morgens stockbesoffen heimgekehrt war. Gott sei Dank war er körperlich nicht mehr in der Lage gewesen, ihr gegenüber handgreiflich zu werden. Aber die Ehebrecherin lautstark zur Rede zu stellen, dazu langte seine Restenergie anfangs allemal aus. Von einem wüsten Fluch begleitet, hatte er polternd die Tür aufgestoßen, bevor er mit wirrem Haar und gelöstem Krawattenknoten ins eheliche Schlafzimmer eindrang. War das ein Gezeter und Gejammer gewesen.

Hedwig, rücksichtslos aus den warmen Federn gerissen, wies alle Schuldzuweisungen empört von sich zurück. Für die gesamte Nachbarschaft hörbar schrie sie heftig, dass seine Vorwürfe nicht stimmen würden. Was ihm da bloß wieder eingefallen wäre. Er solle mal seinen Verstand einschalten! Sie hätte schließlich zwei Kinder unter die Erde gebracht, da stände ihr wirklich nicht mehr der Sinn nach solchen Ferkeleien! Doch ihre letzten Worte hatte er gar nicht mehr mitbekommen, da war er, vom Rausch überwältigt, inzwischen eingeschlafen. Dort, genau dort, wo er gestanden hatte, war er an Ort und Stelle niedergesackt, und sein lautes Schnarchen bezeugte, dass sich auch sein Gemüt in aller Seelenruhe niedergelegt hatte.

Dieser damalige eheliche Zwischenfall hatte ihm nun deutlich gemacht, dass er schon einmal betrunken war. Was allerdings nach jenem unschönen Theater folgte, war und blieb eine Einmaligkeit. Und zwar, dass er am Morgen nach dem Erwachen, verständlicherweise nachhaltig verkatert und vergrämt, mit reichlich schlechtem Gewissen den Dienst im Amt schwänzte. Das war ihm für immer eine Lehre gewesen. Nie mehr wollte er sich vor seinen Kollegen und vor allem vor sich selbst solch einer Blamage erneut aussetzen! Was ihn gleichfalls quälte, war der Gedanke, wie er sich Hedwig gegenüber verhalten sollte. Am besten Stillschweigen bewahren! Tatsächlich, auch Hedwig schien sich an diese unausgesprochene Abmachung zu halten.

Seit diesem unschönen Ereignis sprachen sie und er nie mehr ein Sterbenswörtchen über das Geschehene, geschweige über seine haltlosen Anschuldigungen. Herr Jonas konnte jedoch nicht verhehlen, dass bis jetzt, bis zu dieser Stunde, da er die unschöne Angelegenheit gedanklich Revue passieren ließ, ein nicht auszumerzender Restzweifel an ihrer Treue zurückgeblieben war. Aber in dem Maße, wie er über all die Jahre hinweg diesen Restzweifel in sich wie einen ständig beißenden Schweinehund gehegt und gepflegt hatte, in gleichem Maße wuchs heute, da es ihm wieder vollends ins Bewusstsein trat, die Scham und Reue darüber, seiner Hedwig eventuell doch unrecht getan zu haben. Der Wein besänftigte ihn zudem, machte ihn rührselig milde. Er sah auf sein Leben zurück als einer, der zwar seinen eigenen Ansprüchen genügt hatte, dem aber die Süße des Seins bitter schmeckte. Da, wo andere gelacht, getanzt und gefeiert hatten, da hatte er versucht – und es ist ihm gelungen –, Kontrolle über all diese weltlichen Ausschweifungen zu bekommen. Was wären im Nachhinein betrachtet die besseren Tage gewesen? Jene der Hemmungslosigkeit oder die, die er gelebt hatte? Was ihm blieb, war allein diese Frage, die ihm einen bitteren Nachgeschmack bescherte.

»Wenn ich jetzt, gleich diesem Moment, von der Erde scheiden müsste, was bliebe an guten Tagen übrig?«, fragte er sich deprimiert. »Welches Gewicht hätte mein geringes Leben auf der einen Seite gegenüber der Fülle von praller Ablenkung und Freude in der Waagschale des Lebens? Ach, ich habe versagt, auf der ganzen Linie habe ich versagt!«

Kamen ihm da etwa Tränen? Er kramte umständlich in seinem Hosensack herum und fand schließlich ein sorgfältig zusammengelegtes Taschentuch. Dieses breitete er geistesabwesend auseinander, fuhr sich damit über die feuchten Augen, schnäuzte zweimal herzhaft hinein, legte es ebenso ordentlich zusammen, wie er es vorgefunden hatte, und steckte es in die Tasche zurück. Dann erhob er sich wie jemand, der eigentlich gerne sitzen bleiben möchte. Schwerfällig krauchte er zum Schrank, um aus der Gläsermenagerie einen Cognacschwenker herauszuholen. Von dem Schränkchen neben der Spüle griff er sich zielsicher die Flasche mit dem hochprozentigen Alkohol, die eigentlich als besonderer Glanzpunkt für ihn und seinen Besuch angedacht war.

Diese klemmte er sich schließlich unternehmungslustig unter den Arm, und mit einem zunächst flüchtig prüfenden Blick schaute er besorgt in den schwärzer und schwärzer werdenden Himmel, der wie eine bedrückende Theaterkulisse vor dem Fenster hing. Er lauschte kurz. Das anfänglich ferne Grummeln schwoll nun, wie einer dramaturgischen Regieanweisung folgend, von Zeit zu Zeit zu regelrechten Paukenschlägen an. Dem zum Trotze goss er sich, wieder auf seinem Platz sitzend, schon jetzt einen ordentlichen Schluck Branntwein ins Glas, schwenkte den braunen, öligen Inhalt einige Male kreisförmig unter seine mittlerweile rot aufleuchtende Nase. Und dann ließ er das scharfe Gesöff unter geräuschvollen Schmatzlauten genießerisch durch die Kehle rinnen.

»Ah«, stöhnte Herr Jonas und wunderte sich, dass er nicht davon husten musste. Das tat gut. *Jetzt ist der Moment gekommen, sich mal wieder richtig zu besaufen,* kam es ihm spontan in den Sinn. An dem inzwischen alten und verrosteten »Kinderkarussell« im Kopf einfach mal wieder den Schalter umlegen, und ab geht die lustige

Fahrt, immer lachend im Kreis herum. Huhu, huhu, solange fröhlich im Kreis herum, bis alles schmerzte vor Frohsinn und Begeisterung.

Voller als beim ersten Mal schenkte er sich wieder das Glas ein, und schneller als zuvor trank er es leer. Zur Zigarre wollte er allerdings nicht mehr greifen. Die verheerende Wirkung des beißenden Qualms würde seine plötzlich gute Stimmung sicherlich abrupt beenden.

»Was soll's, das Glück muss man genießen, wenn es da ist!«, rief er aufgekratzt und hob wie zu einem Trinkspruch das dritte, beinahe randvoll gefüllte Glas dem inzwischen schlummernden Vogel entgegen! »Alles muss man zurücklassen Peterle, alles! Nichts, aber auch gar nichts nimmt man mit. In der Waagschale des Daseins wird der Tod sich alles herausnehmen, was sich in den langen Jahren des Lebens angesammelt hat. – ALLES!«, brüllte er. Und um keinen Deut leiser fügte er an: »Gott sei Dank trifft das jeden! JEDEN!« Seine Stimme überschlug sich fast. »Aber ist das etwa ein Trost, du dummer Vogel? Ist *das* ein Trost?«

Der ungewohnte, viel zu rasch konsumierte Fusel, die schwülwarme Hitze, die starken, unterschiedlichen Medikamente, die er einnehmen musste, all das gereichte dazu, dass sich die über viele Jahre ungenutzte und vermeintlich eingerostete Mechanik seines »Kopfkarussells« nun doch in Bewegung setzte. Zunächst langsam und behäbig knarrend, aber dann immer schneller, schneller und schneller werdend. Hui, bald würde er, so richtig in volle Fahrt geraten, den Gegenwind spüren, der ihn mental aus der Beengung seiner beschissenen Existenz erlösen würde. Jauchzend würde er seinen Spaß daran haben.

Aber armer Herr Jonas! Was wird sein, wenn sich das verrückte Ringelspiel der ihn täuschenden Schwindelattacken nicht mehr drehte, dann würde er mit Bestimmtheit merken, dass man im Gefühl des befreiten Vorankommens nichts, aber auch gar nichts an Kummer hinter sich gelassen hatte, sondern dass man sich die ganze Zeit stimmungsmäßig nur im Kreis gedreht hat. Doch noch führten ihn die wilden, närrischen Geister hinters Licht. Im heuchlerischen Gewande der tollkühnen Jugend bemächtigten sie sich seiner.

Vom Alkohol ordentlich in Fahrt geraten, tauchte er von einer Sekunde auf die andere in einen metaphysischen Jungbrunnen ein, und bis in die älteste Zelle seines verbrauchten Körpers spürte er auf schrullige Weise die angenehme Metamorphose vom nichtsnutzigen Tattergreis zum Lorbeer umkränzten Jüngling, dessen einziges Streben es war, sich die Welt zu Füßen zu legen.

»Ich, ich ganz alleine habe es in der Hand«, rief er mit erhobenem Glas. »Ich bestimme über Glück und Trauer. Ach, warum habe ich alter Esel mein ganzes Leben Lasten getragen, die mir nicht gehörten, die mir nicht zustanden? Warum habe ich mich von jedem Hanswurst demütigen lassen? Mir, Friedbert Jonas, hätte wahrhaftig die Welt zu Füßen liegen können, wenn ich es nur gewollt hätte.« Nach einer kurzen Pause sang er enthemmt, und seine Stimme klang nicht inbrünstig anbetend, sondern irgendwie schnoddrig lästerlich: »... ein Stern fällt vom Himmel, ein funkelnder Stern bringt mir eine Botschaft von fern, von dem großen Glück ...«

Nachdem er die Strophe mit zunehmender Lautstärke mehrere Male wiederholt hatte, verstummte er übergangslos. Von jetzt auf gleich, wie von unsichtbarer Hand angehalten, zack, da stand das »Karussell«. Das kurze Glück einer rasanten Fahrt ließ ihn taumelnd zurück. Der soeben noch ausgelassene innere Jüngling sprang voller Hohn lachend davon und hinterließ einen verwirrten alten Mann. Er müsse nur wieder einen kräftigen Schluck nehmen, dachte er sich, und die überschwängliche Freude würde ihn erneut beleben. Doch weit gefehlt. Alles, was er jetzt trank, förderte keinesfalls das Gewünschte, sondern es brachte das beharrlich lauernde Selbstmitleid zutage, das ihm wiederum den gewohnt vertrauten Trübsinn und Gleichmut bescherte. Trauer stellte sich ein ob des allzu kurzen Glücks. Derartige Trauer wie bei jemandem, der etwas sehr Wertvolles verloren hatte.

Er überlegte mit dümmlich entgleisten Gesichtszügen, an was man sich wohl dauerhaft mit Zufriedenheit klammern könnte. Aber er mochte noch so angestrengt grübeln, ihm fiel nichts ein, was in seinen Augen unvergänglich Bestand hätte und alles überdauern würde, was der Mensch auf Erden hinlänglich als sein persönliches Hab und Gut erachtete. Erneut stellte er sich die Frage, was er nach dem Abscheiden von seiner jämmerlichen Existenz an Beharrlichem zurücklassen würde, dessen man sich im Nachhinein auf unabsehbare Zeit erinnerte? Ja, an was?

O nein, ihm würde man nach seinem Tode kein Denkmal setzen. In keinem schlauen Buch würde sein Name erwähnt werden. Noch nicht einmal eine Todesanzeige in der Zeitung bekämen die Leute von ihm zu lesen. Und die, die durch Zufall von seinem Ableben erführen, stellten sich sicherlich erstaunt die Frage: »Friedbert Jonas, wer war denn das? Den kenne ich nicht!«

Geld regiert die Welt! Ja, und mit dem Geld, das er besaß, könnte er sich ohne Weiteres so etwas wie ein beachtliches Andenken erkaufen. Zwar nicht im Jenseits, aber hier auf Erden, und das war doch auch schon was, oder? 168.400,03 Euro auf dem Konto waren schließlich kein Pappenstiel.

Herr Jonas zog sein Portemonnaie aus der Gesäßtasche und zählte akribisch nach, was sich in den speckig abgegriffenen Fächern noch an weiterem Barvermögen befand. 78,25 Euro sortierte er akkurat in Scheinen und Münzen auf die Tischplatte. Das gesammelte Fundgeld aus dem Kühlschrank war ja für die opulenten Einkäufe draufgegangen. Sein ganzes Leben hatte er bei allem geknausert. Nicht viel hatte er sich und Hedwig nebenbei gegönnt. Gespart und gespart hatte er, aber für was und vor allem, für wen? Jeden Cent, der früher noch Pfennig hieß, hatte er gleich zweimal umgedreht, bevor er ihn ausgab oder wieder weglegte. Natürlich wäre er in der Lage, sich von diesem Vermögen die Wohnung zu kaufen. Aber in seinem Alter? Dann könnte er das Geld auch gleich aus dem Fenster hinauswerfen. Außerdem verbot es sich für ihn schon rein prinzipiell, diesen Blutsaugern freiwillig das sauer gehortete Geld einzuverleiben. Nun aber bewahrheitete sich auf fatale Weise die abgedroschene Floskel, dass das letzte Hemd keine Taschen hatte. Und da er sich keines noch so entfernten Angehörigen erinnern konnte, war es ihm bisher völlig gleichgültig gewesen, was einmal mit seiner Hinterlassenschaft geschehen sollte. Ein Dach über dem Kopf, ein trockenes Bett, warme Kleidung, Essen und Trinken, das reichte ihm völlig aus, um sich als König über all die armen Kreaturen zu fühlen, die es landauf und landab gab und die von solch einem Wohlstand, wie er ihn besaß, nur in den kühnsten Träumen träumten.

Wenn man nun glaubt, Herr Jonas hätte sich dieses stattliche Sümmchen für schlechte Zeiten zurückgelegt, etwa für einen guten Platz im Pflegeheim, sollte er einmal in die prekäre Lage der Unselbstständigkeit geraten, dann irrt man an dieser Stelle gewaltig. Zum einen, weil er nicht erst seit den schlimmen Zeiten seiner Zwangskasernierung eine unüberwindbare Abneigung gegen jegliche Form organisierter Bevormundung und menschlicher Degradierung durch Entmündigung entwickelt hatte, sondern auch, und das ist nicht minder bedeutsam, weil er nicht zur profitablen Melkkuh derer werden wollte, die sich wegen seines Dahinsiechens auf seine Kosten bereicherten und sich ganz nebenbei eine goldene Nase dabei verdienten. Alles würden sie ihm rauben, die habgierige Räuberbande im weißen Kleid der Mildtätigkeit. Niemals! Vorher würde er im Namen seiner eigenen, unantastbaren, von keiner Seite einschränkbaren Selbstbestimmung entscheiden, wann, wo und wie er seinem Leben ein Ende bereitete. Hinzu kam, und das erfreute ihn beinahe spitzbübisch, dass man, indem man selbst Hand an sich legte, der himmlischen Vorsehung ein makabres Schnippchen schlagen konnte. Dass man dabei zu seinem eigenen Mörder wird, ließ er für sich nicht gelten.

168 400,03 Euro, diese Zahl ließ er gekonnt schmeckend, wie ein Gourmet auf der Zunge zergehen. Was könnte man damit nicht alles anfangen!? Ja, ja, im Leben ging es kaum gerecht zu.

Vor einem ganzen Menschenalter besaß er die Jugend, aber kein Geld, und nun besaß er das Geld, aber keine Jugend mehr. Beides brachten Leute seines Schlages nur sehr, sehr selten zu einem günstigen Zeitpunkt gleichzeitig zusammen. Nie hatte er sich bisher Gedanken darüber gemacht, was einmal mit seinen vielen

Penunzen geschehen würde, wenn, ja, wenn er das Zeitliche segnete. Nun aber stand die Frage plötzlich vor ihm. Aufgeblasen wie ein hämischer Popanz stand sie da. Und herrje, zum Schrecken des trunkenen Mannes begann das vermaledeite Hirngespinst, mit der Stimme seines Gewissens zu sprechen. »Der Mensch will besitzen, besitzen, besitzen, und dabei verliert er sich selbst«, raunte ihm das fiese Orakel zu. »Der Mensch sucht und sucht und sucht, dabei verbirgt sich das, wonach er sein ganzes Leben lang verzweifelt fahndet, von Beginn seiner Existenz an, gleich einem kostbaren Schatz, gleich einem göttlichen Samenkorn, in seinem von Habsucht verschlossenen Herzen. Friedbert Jonas, schau dich nur an, du bist trotz deines Geldes ein armseliges Würstchen geblieben!«

Gab es da etwa einen vorwurfsvollen Unterton, mit dem ihm sein aufgestacheltes Bewusstsein die Sinnlosigkeit der menschlichen, und hier vor allem *seiner Gier* vor Augen führen wollte? Was für eine Frechheit! Konnte er das auf sich sitzen lassen?

O nein, er war kein armseliges Würstchen. Augenblicklich wollte er sich wehren gegen diese rohe Anschuldigung, wollte er der schizophrenen Täuschung unmissverständlich seine treffenden Rechtfertigungen entgegenschleudern, die ihn ob seines vordergründigen Reichtums entschuldigten und für ihn Partei ergreifen sollten. Aber leider kam er nicht dazu, das verdammte »Karussell« in seinem Kopf hatte sich zu einer neuen abenteuerlichen Fahrt in Bewegung gesetzt. Allerdings geriet das im Vorhinein lustige Treiben, bei dem ihm das Herz noch vor Freude aus der Brust springen wollte, diesmal geradewegs außer Kontrolle. Nun schnürte es ihm regelrecht die Brust zu. Sein Atem ging flach, und der scheinbar schwankende Sitz, auf dem er plötzlich saß, verlor vor lauter Schwindelgefühl seinen sicheren Halt unter dem Hintern. Er streckte erschrocken zu beiden Seiten die Arme aus, wie es die Seiltänzer tun, wenn sie auf dünnem Seil balancieren.

»He!«, rief er, »was soll das, was geschieht hier mit mir?« Kalter Schweiß rann ihm von der Stirn, und der flaue Magen begann, die Speisereste krampfartig nach oben zu kneten. Er kämpfte dagegen an, sich auf der Stelle zu erbrechen. Der demgemäß Malträtierte tat alles, was in seiner Macht stand, diesen Anfall von Unwohlsein heil zu überstehen.

Tatsächlich beruhigte sich Herr Jonas nach geraumer Zeit und glitt gnädigerweise in einen einigermaßen erfrischenden Halbschlaf. Sicher hätte er, geistesabwesend von allem entrückt, Stunden so verharrt, wenn nicht ein beherztes Klopfen an der Etagentür die dumpfe Stille abrupt beendet hätte. Der Vogel, der ebenfalls in brütende Trägheit versunken war, flog aufgeschreckt vor die Gitterstäbe, sodass wieder einmal die bunten Federn stoben. Herr Jonas, ebenfalls jäh aus seiner Gedankendümpelei gerissen, versuchte rational zu ergründen, was da auf einmal um ihn herum geschah. Da ertönte auch schon eine markant sonore Herrenstimme, die von außerhalb der Wohnung mühelos alle räumlichen Schranken durchbrach. »Herr Jonas, sind Sie zu Hause?«

»Na endlich«, sagte der Gerufene, nachdem ihm nach kurzem Zögern Ort und Zeit in den mäßig erwachten Verstand traten. »Endlich ist es so weit!«

Die aufgewühlten Empfindungswogen, die noch zuvor in ihm getobt hatten, waren inzwischen vom schlafähnlichen Insichgekehrtsein wohlig geglättet. Ein seltsamer Friede hatte sich in ihm ausgebreitet. »Das ist gewiss ein guter Augenblick«, frohlockte er. Erwartungsvoll erhob er sich, um, wie er meinte, dem lang ersehnten Besuch die Tür zu öffnen. Streng aufrecht und bemüht, seine Schritte gerade, fest und sicher zu setzen, durchquerte er die Stube in Richtung Flur, von wo abermals ein energisches Pochen ertönte. Als er an dem Vogelbauer vorüberkam, fiel sein vom Alkohol getrübter Blick auf das arme, verschreckte Vögelchen, welches sich fest an die Gitterstäbe gekrallt hatte und hinter dessen gefiederter Brust deutlich sichtbar das winzige Herzchen rasend schnell schlug.

»Bist ein dummes Peterle«, nuschelte er, »du musst doch keine Angst haben, dein Besuch ist es ja nicht.«

Herr Jonas hatte noch nicht ganz die Türe erreicht, da erklang von außen wieder jene souveräne Männerstimme: »Herr Jonas! Herr Jonas … sind Sie zu Hause?«

Dessen ungeachtet, also ohne zu antworten, schaute Herr Jonas wiederum prüfend durch den Spion. Bevor er sich daran machte, das Schloss zu entriegeln, zwang ihn die Neugierde zu erfahren, wer da nach ihm rief. Tatsächlich, im Gegensatz zum ersten Mal, als es geschellt hatte und er niemanden im Hausflur ausmachen konnte, heftete sich diesmal sein Blick auf eine elegante Erscheinung. Sauber, akkurat geschnittenes Haar und eine freundliche Miene in einem glatt rasiertes Gesicht bekam er aus einer Art Froschaugenperspektive zu sehen. Wer auch immer da vor der Türe stand, Herr Jonas kannte ihn nicht. Mit Sicherheit aber handelte es sich nicht um denjenigen, welchen er für den heutigen Tag so sehnsüchtig erwartete. Aus Furcht, der Unbekannte könnte seinerseits durch das konzentrisch geschliffene Glas seinen starren Augapfel erkennen, der ihn aufmerksam von innen taxierte, fuhr er ruckartig mit dem Kopf zurück.

Es wird einer dieser lästigen Vertreter sein, dachte er skeptisch. Man kannte das doch, die waren mit allen Wassern gewaschen. Sie drückten wahllos einen Klingelknopf, um sich Einlass ins Haus zu verschaffen, und dann klappern sie Etage für Etage ab und hofften, dass man ihnen öffnete. Und wehe dem, der ihnen in die klebrigen Klauen geriet. Wie ein hilfloses Opfer wurde man von ihren überzeugenden Argumenten eingesponnen.

Herr Jonas verhielt sich mucksmäuschenstill, er hatte in diesem Moment keine besondere Lust, wildfremden Menschen erklären zu müssen, dass er nicht gewillt war, sich mit ihnen auf ein bedeutungsloses Gespräch einzulassen. Möglich auch, dass man ihn berauben wollte? Man las davon doch täglich in der Zeitung! Unter irgendeinem fadenscheinigen Vorwand drängten Fremde herein, und anschließend fehlte dies und das. Da konnte man noch von Glück sprechen, wenn sie einem das blanke Leben ließen.

Und während Herr Jonas seinen ausufernden Gedanken freien Lauf ließ und er dabei fast vergaß zu atmen, entstand vor der Türe ein unruhiges Geraschel, worauf kurz darauf etwas unter den Türspalt geschoben wurde. Danach vernahm er auf dem steinigen Bodenbelag harte Schritte, die sich rasch entfernten. Noch eine Weile verharrte

Herr Jonas in unbeweglicher Haltung, um sich schließlich nach dem Stück Kartonage zu bücken, das nach dem Geraschel unmittelbar vor seinen Füßen lag. Es verlangte seine ganze Konzentration, bis er mit seinem Arm die richtige Entfernung gefunden hatte, damit er den Text deutlicher lesen konnte.

Entrümpelungsdienst!
Haushaltsauflösungen aller Art, sauber & diskret
Besenreiner Komplettservice mit Wertanrechnung
Angebot & Anfahrt – kostenfrei –
Charly Schneidehals
Mobil 0172/...

IX

Das Gewitter war kurz und heftig gewesen. Noch prasselte der Regen schnurgerade an dem weit geöffneten Fenster vorbei. Aber alle Anzeichen sprachen dafür, dass die ungestümen Wetterkapriolen noch kein endgültiges Ende gefunden hatten. Eines schien jedoch verwunderlich: Die entfesselten Naturgewalten hielten eigenartigerweise den sonst üblich brausenden Wind zurück, den man bei diesem scheußlichen Unwetter erwartet hätte. Nur ganz kurz, wenige Augenblicke zuvor, als der erste zuckende Blitz den schwarzen Himmel teilte, stob eine gewaltige Bö in das kleine Dachstübchen, in dem Herr Jonas teilnahmslos und lang gestreckt auf der Couch lag. Aber selbst als alles, was in der Wohnung nicht niet- und nagelfest war, sich im luftigen Trubel wellte, wölbte und aufflog, machte dieser keine Anstalten aufzustehen, um das Fenster zu schließen. Zu erschöpft schien er, als dass ihn selbst ein Weltuntergang aufgejagt hätte. Die unverschämte Visitenkarte, die er in herzloser und zynischer Art und Weise unter den Türspalt geschoben bekam, hatte er gleich darauf in winzige Stücke gerissen. Nun lagen die Schnipsel vom Wind aufgestoben in der Stube verteilt. Auch das Blatt Papier, das er danach beschrieben hatte, lag jetzt unscheinbar zwischen den Sesseln geweht, obwohl es bedeutungsreicher nicht sein konnte. Wie ein in Stein gemeißeltes Gebot mutete die Überschrift darauf an:

Mein Letzter Wille!

Es war schon erstaunlich, wie leicht ihm beim Schreiben diese ultimativen drei Wörter aus der unerwartet ruhig gewordenen Hand geflossen waren. So leicht schrieb es sich dahin, als notiere er wie einst in seinen besten Zeiten, gleichwohl mit freudig schlagendem Herzen, einen jener ihm verhassten Falschparker.

Erschöpft lag er jetzt da, als habe er mächtige Bäume mit der bloßen Hand gefällt. Regungslos stierte er in ein leeres, unendlich erscheinendes Loch der Ausweglosigkeit, das sich durch die rissige Decke seiner Behausung zu bohren schien. Ob diese unmenschliche Kluft zwischen hier und da irgendwo ein Ende finden möge? Irgendwo am Schluss des Universums? Vielleicht, so dachte er, war alles endlos Scheinende in Wahrheit nur ein überdimensionaler Kreis. Ein Kreis ohne Anfang und ohne Ende, durch dessen spiralförmiger Windung man auf ewig mit dem Leben bestraft wurde? War dieses scheinbare Werden und Vergehen die Qual eines göttlichen Strafgerichtes, das man über sich ergehen lassen muss?

Eben weil ihn die Sinnlosigkeit seines Grübelns zusätzlich schwächte, fehlte ihm auch die psychische Kraft, sich diesem Gedankenwirrwarr zu widersetzen. Wie eine Schar schwarzer Vögel flogen sie heran, die umherschwirrenden Gedanken, um sich in seinem verwirrten Kopf heimische Nester zu errichten. Ihm blieb nichts weiter übrig, als sie bei ihrem arglistigen Werk erstaunt zu beobachten, während gleichzeitig die Welt um ihn herum unterzugehen drohte. Wie oft hatte er sich in jungen Jahren vorgestellt, wie es einmal sein würde, wenn in ach so ferner Zukunft der Tag käme, an dem sein Lebenswille endgültig zerbräche. Achtundachtzig Jahre lang musste er darauf warten. Achtundachtzig Jahre lang war er sich als der Mittelpunkt des Weltgeschehens vorgekommen. Aus seiner Sicht und aus reinem Überlebenswillen heraus betrachtet, fühlte er sich all die Zeit als das geistige Zentrum der Weltgeschehnisse. Seine Augen waren es, die deuteten, einschätzten, urteilten, bejahten oder verneinten. Seine Sicht der Dinge führte schließlich zum individuellen Lebensgefühl, ohne dass er dabei den Schmerz oder die Freude der anderen spürte, spüren konnte. Sollten die sich doch ihre eigene Welt errichten, denn es gab nicht nur eine, es gab so viele Welten, wie es Menschen gab.

Selbstmitleid und Trotz loderten plötzlich wie Flammenzünglein in ihm hoch, obgleich sein Lebenslicht nur noch mühsam glühte, als genüge es nur eines weiteren Windstoßes, um den kläglich glimmenden Funken in seiner Brust gänzlich zu löschen. Aber was machte das im Grunde schon aus? Zu dieser Stunde, in der er für immer gehen musste, würden sich überall auf dem Globus millionenfach neue, helle Seelenlichter entzünden! Sie würden es fortan sein, die das neue Zeitalter erleuchteten, während seine gelebte Ära in ewiger Dunkelheit versank. Herrn Jonas' Welt war im Begriff, endgültig zu verlöschen, und mit ihr all seine Ideale und Wertvorstellungen, die er sich durch Erfahrungen mühsam zusammengebastelt hatte. Für seine kleinbürgerliche, spießige Welt gab es weiß Gott keine Existenzberechtigung mehr. Daran gab es auch nichts mehr zu bezweifeln, wenn er sich das Sodom und Gomorrha ansah, das um ihn herum im wilden Getue einen Veitstanz der Lust aufführte. Wo früher Zucht und Ordnung regiert hatten, herrschte heutzutage die Schamlosigkeit. Herr Jonas war sich sicher, dass die Scham eine Grenze zur Idiotie war, die man mit Anstand sorgsam bewachen sollte. Denn das Überschreiten dieser Grenze würde die Gesellschaft ins Verderben führen. Und da läge der Knackpunkt. Herr Jonas hatte es schon immer abgestritten, dass der Mensch vom Affen abstammte. Andersherum aber würde ein Schuh daraus werden. Nämlich dass sich der Mensch erst durch die zunehmende Schamlosigkeit ringsherum zu einem Primaten entwickelte!

Dieser Gedanke war ihm vor Jahren bei einem Besuch im Kölner Zoo gekommen, als er an der Absperrung zum Pavian-Felsen stand. Genauso würden sich die Menschen eines schlechten Tages in ihrer Schamlosigkeit benehmen. Dann würden sie sich unter hysterischer Gewalt mit nackten, roten Ärschen das Futter vor den Mäulern wegreißen, um sich direkt danach von hinten zu begatten. Jeder gegen jeden und alle gegen einen. Diesen Verfall menschlicher Kultur konnte er mehr und mehr beobachten. Mit dem Vergehen seiner gelebten Epoche wurde ihm mit jeder schwindenden Minute von einer höheren unsichtbaren Macht sanft, aber unerbittlich der Sauerstoff zum Atmen entzogen. Ihn konnte die Zukunft, die für die jetzige Generation noch in ungetrübtem Schimmer erstrahlte, nicht mehr blenden, auch wenn die Gegenwart täuschend im hell aufleuchtenden Licht erschien. Für ihn und Konsorten gab es keinen Platz mehr, er tappte bereits im Dunkeln herum. Jedes lockend gleißende Ziel in der Ferne, das ihm jetzt noch vage erschiene, wäre für ihn unabdingbar ein Irrweg, ein vergebliches Streben nach dessen in Wahrheit glanzlosen Schattengebilden. Alles war Schatten. Jeder Tag war von irgendwas ein Schatten. Ihm hatten diese Schatten Angst gemacht. Viele, viele Jahre lang. Die, die ihren Nutzen aus seiner Angst zogen, hatten ihn für blöd gehalten, und er hatte sich brav und gehorsam als blöd erwiesen. Was war das für ein Unfug gewesen, mit dem man ihm all die Jahre das Hirn vernebelt hatte. Zum Schluss wusste er nicht mehr im Einzelnen zu benennen, was ihm überhaupt Angst machte. War es die Angst vor Terror, BSE, Schweinepest, Milzbrand, Ebola, Aids …? Hätte er davor tatsächlich Angst haben müssen?

»Verdammte Scheiße«, fluchte er. »Mein Leben lang habe ich mich gebeugt vor solchen Ängsten und nichts davon hat mich hinterher betroffen. Alles ist für mich immer nur vage und obskur geblieben.« Mit einem verzerrten Gesichtsausdruck rubbelte er die Füße aneinander. »Vor diesem verdammten Fußpilz hätte ich Angst haben müssen, der mich von morgens bis abends mit seiner elendigen Juckerei quält. Aber den haben die schlauen Zukunftsweisen nicht kommen sehen. Die wissen ja noch nicht einmal, wie übermorgen das Wetter wird, behaupten aber, dass durch die Klimaerwärmung in zig Jahren der Meeresspiegel auf den Zentimeter genau um soundso viel steigen wird. Lächerlich!«

Nun ja, spät hatte Herr Jonas erkannt, dass es Ängste gab, die nur in seiner Vorstellung existent waren. Und ihm wurde auch bewusst, dass letztendlich doch nur das kommt, was kommen muss und nicht das, was kommen könnte!

Mit dieser Art von lancierten Ängsten hatte man ihn täglich klein gehalten, und bei gleichzeitiger Rundumberieselung mit arglistiger Werbung, Nachrichten, die Hiobsbotschaften glichen, und läppischen gesellschaftlichen Ereignissen gleichzeitig erschöpft und passiv gemacht. Er konnte sich noch sehr gut an den 11. September erinnern, als es, wie man den Angstmachern Glauben schenken musste, ganz danach aussah, dass die westliche Welt ihren Gnadenstoß erhielt. Die Nachrichten hatten sich überschlagen, und er befürchtete damals, dass der ganze Schlamassel wieder von vorne anfing. Dass man Menschen mit Bomben in die Luft sprengte, wie er es schon einmal erleben musste. Ein recht verwegener Gedanke war ihm seinerzeit gekommen! Sollten sich jetzt wirklich die Vorhersagen der Bibel bewahrheiten? Ungebührlich amüsiert hatte er damals die Heilige Schrift aus dem Nachtschrank geholt, den er in der letzten Ecke auf dem Dachboden verstaut hatte. Unter dem eingestaubten Werkzeug lag sie, die Bibel. Sollte er hier wirklich eine Antwort auf all die Fragen finden, die ihm das Leben schwer machten ... Trost etwa? Er hatte die Seiten durch seine Finger blättern lassen, und einer Eingebung nach drückte er seine Fingerkuppe willkürlich auf einen Textabschnitt. Und was er da zu lesen bekam, hatte ihn wahrlich in Erstaunen versetzt. Denn dort stand:

Und es werden sie beweinen und sie beklagen die Könige auf Erden, die mit ihr Unzucht und Frevel getrieben haben, wenn sie sehen werden, den Rauch von ihrem Brand; und werden von ferne stehen aus Furcht vor ihrer Qual und sprechen; Weh, weh, du große Stadt Babylon, du starke Stadt, in einer Stunde ist dein Gericht gekommen! ... denn in einer Stunde ist verwüstet solcher Reichtum. Und alle Schiffsherren und der Haufe derer, die auf den Schiffen hantieren, und Schiffsleute, die auf dem Meer hantieren, standen von ferne und schrien, da sie den Rauch von ihrem Brande sahen, und sprachen: Wer ist gleich der großen Stadt? Und sie warfen Staub auf ihre Häupter und schrien, weinten und klagten und sprachen: Weh, weh, die große Stadt, in welcher wir reich geworden sind, alle, die da Schiffe im Meere hatten, von ihrer Ware! Denn in einer Stunde ist sie verwüstet.

War dieses feige Attentat wirklich der Gnadenstoß für die bis dahin gehüteten Werte der westlichen Welt gewesen? Bald sah es danach aus. Wenn Herr Jonas sich vor dem geöffneten Fenster reckte und streckte, konnte er hinter der Silhouette seiner Siedlung die Rundkuppel einer Moschee erkennen. Und unten im Haus wohnte ein Herr Abdulla, der ihn im Flur jedes Mal freundlich grüßte. Was bloß wollte dieser Kerl von ihm? Ganz abgesehen davon, dass fast in jedem Haus in der Gegend ein Abdulla, ein Ali oder sonst wer wohnte.

Für Herrn Jonas' Empfinden hatte man nach den Anschlägen vom 11. September aus Furcht oder Berechnung, wie auch immer, ein

Trojanisches Pferd ins Land ziehen lassen. Und dieses Pferd gebar nun seine Söhne und Töchter.

Ulkig fand Herr Jonas seinen Einfall, dass man den Wertewandel in Deutschland an nicht weniger als an drei Vornamen ausmachen konnte! Vor dem Krieg hießen Jungen oder Männer in Deutschland Fritz. Nach dem Krieg Jonny. Und heute Ali. Diese drei Namen fassten für ihn die ganze Misere von Selbstaufgabe im Lande zusammen. Dieser Selbstaufgabe wollte er sich aber nicht mehr beugen. Heute, genau heute, musste er endlich einen Schlussstrich für sich ziehen, bevor es die anderen taten. Die anderen, die aus den fremden Ländern nicht nur ihre für ihn fremden Werte mitbrachten, sondern auch ihre für ihn fremde Zukunft!

Nach mir die Sündflut! Wenn es nach ihm gegangen wäre, würde er der folgenden Generation ein Erbe hinterlassen, das weitaus geordneter gewesen wäre als jenes, das ihnen nun von perfiden Machtstrategen aufgezwungen wurde. Wohl dem, der noch rechtzeitig seine weltlichen Dinge in Ordnung bringen konnte, der ein aufgeräumtes Leben hinterließ, in dem sich dann die zurechtfinden, die das Erbe der Vorausgegangenen dankbar als ein Geschenk und nicht als eine Last annehmen konnten.

Allerdings, obwohl Herr Jonas zeitlebens ein akkurater Bürokrat gewesen war, hatte er sich bis zu dem Zeitpunkt, da ihm dieser Halsabschneider Charly Schneidehals jene hintertriebene Visitenkarte unter die Türe schob, immer davor gedrückt, seine finanziellen Angelegenheiten in Form eines schriftlichen Testamentes in Ordnung zu bringen. Jetzt war dieser Augenblick gekommen. Er musste es tun, bevor andere über seine Hinterlassenschaft bestimmten. Schließlich wollte man ihn »entrümpeln«! Es war doch eindeutig zu erkennen, dass man ihm bei lebendigem Leibe das Fell über die Ohren ziehen wollte! Die irdischen Früchte eines langen Lebens standen zur Ernte bereit.

Was für ein Skandal. Er hatte sie reifen lassen, aber nicht er würde sie genießen können. Ihn tröstete es ein wenig, dass es das Schicksal aller war, aber dennoch wollte er letztendlich ganz alleine darüber bestimmen, wem dieses Erbe einmal zukäme!

Nun lag sein *Letzter Wille* achtlos unter dem Tisch.

Mein Letzter Wille! Eigentlich bedeutungslos für die großen Abläufe im Hier und Jetzt, und doch hatte er mit den knappen Zeilen zum allerletzten Mal in seinem Leben den Anspruch auf seine subjektive Mitte des Weltgeschehens nach außen hin dokumentiert.

Mein Letzter Wille! Alles das, wofür er sich ein Leben lang unter Tränen, Schweiß und Entbehrung aufgeopfert und krumm gemacht hatte, sollte nach seinem Ableben und auf seinen ausdrücklichen Wunsch hin in die Hände der Wanda Woyzeck übergehen! In die Hände einer ihm im Grunde fremden Frau, die nun ihren Nutzen auch daraus zog, dass Hedwig so eine fabelhafte und sparsame Frau gewesen war und nur selten persönliche Ansprüche gestellt hatte.

Was für ein Wahnsinn, was für eine Ungerechtigkeit, fuhr es ihm durch den Kopf. Aber dennoch, wem sonst außer der Woyzeck gebührte diese für sie sicherlich überraschende Zuwendung? Unbestritten, allein sie war es doch gewesen, die dem vereinsamten Alten ein klein wenig menschliche Wärme und Zuneigung gegeben hatte. Die ihm fast täglich mit Wort und Tat hilfreich zur Seite stand, auch wenn er nach außen hin vorgab, ihr eher ablehnend gegenüberzustehen. Freilich, im Grunde seines Herzen genoss er die kleinen Wortscharmützel im Treppenhaus und ihre kecke Art, wie sie in seiner Wohnung ab und zu den Bohnerbesen schwang und einen weiblichen Duft der Reinlichkeit hinterließ. Ja, es hatte sogar schon Situationen gegeben, wo er sie voller Übermut und Zuneigung beinahe in ihr rundes, monströses Gesäß gezwickt hätte. Und zwar immer dann, wenn sie direkt vor ihm, breitbeinig gebückt, dabei ein fröhliches Lied summend, mit Handfeger und Schaufel die Krümel vom Boden aufkehrte.

Na, die würde vielleicht große Augen machen, wenn sie das Testament las. Herr Jonas sah schon das derbe, einfältig rotwangige Gesicht vor sich, wie der breite Mund vor Aufregung nach Luft schnappte. Dabei war es ihm gleich, ob sie in Anbetracht dieser großzügigen »Spende« Tränen der Freude oder Tränen der Trauer vergießen würde. Nein, nein, das war schon gut so, dass er sie spontan zur Erbin eingesetzt hatte. Sollte er etwa der Kirche all sein Geld hinterlassen? Das käme für ihn auf keinen Fall infrage! Die Kirche, und da vor allem die evangelische, in der er als Säugling unfreiwillig im Namen des Herrn getauft wurde, die war ihm in den vergangenen Jahren viel zu weltlich geworden. Es war doch nicht zu übersehen beziehungsweise zu überhören, dass man ungeachtet der wahren Verkündigung, wie sie in der Bibel stand, einem Zeitgeist hinterherhechelte, der aus einem traditionellen Gotteshaus ein Tollhaus machte. Auch wenn es ihn eigentlich nichts anging, so fühlte er sich dennoch gewohnheitsmäßig zum christlichen Glauben hingezogen. Und er könnte kotzen bei dem Gedanken, dass genau an der Stelle des Altars, an der er seiner Hedwig einst das Ja-Wort gab, sich heutzutage schwule Pärchen Ringe an die Finger stecken. Wahrlich, da kam ihm der Ekel hoch, wenn er sich vorstellte, wie sie sich mit ihren bärtigen Mündern vor den Augen der Gemeinde küssten, um damit in aller Öffentlichkeit den Ehebund zu besiegeln. Pfui Deibel!

»Lächerlich, einfach lächerlich«, stöhnte Herr Jonas auf. »Was für ein Blödsinn, wenn diese Hinterlader den eigentlichen Sinn einer Ehe nicht vollziehen können. Worin der wirkliche Sinn einer Ehe liegt, hat Gott den Menschen doch in der Heiligen Schrift angeraten zu tun! Da hat die Kirche doch nichts mehr dran zu deuteln und zu kritteln! Da wird der Pastor doch zum Lügner seiner eigenen Predigten. Er spuckt sie Gott geradezu ins Angesicht!«

Diese *Berufsgläubigen*, wie Herr Jonas die Pastoren abfällig nannte, machten sich das Evangelium frei nach Schnauze passend, damit sie in der Masse der Glaubensabtrünnigen wenigstens ein klein wenig Gehör finden konnten, bevor auch der letzte brave Kirchensteuerzahler dem lieben Herrgott den Rücken zukehrte. Ja, das prangerte er an, dass die Riege der obersten Kirchendiener so etwas tat, auch wenn man sich dabei vom Geist des reinen Wortes bis zur Unkenntlichkeit entfernte. Wer aber die Bibel ständig umformulierte und neu interpretierte, wie es ihm gerade einfiel und gefiel, der machte letztendlich aus dem heiligen Wort die ketzerische Sprache des Menschen. Wohlmöglich würde er am Ende über irgendwelche bürokratischen Umwege mit seiner gespendeten Hinterlassenschaft zu allem Überfluss auch noch eine der Moscheen mitfinanzieren, die sich überall in Deutschland und Europa ausbreiteten! Da sei Gott vor, sein Gott! An dem bewusst vorangetriebenen Untergang der Christenheit in Europa wollte er sich nicht aktiv beteiligen. Da lag es ihm schon wesentlich näher, die Stadtverwaltung seines Wohnbereiches mit einem satten Geldbetrag zu unterstützen, damit sie weitere technische Einrichtungen anschaffen könnte wie etwa Parkuhren oder Radarfallen. Aber diesen wahnwitzig aufkeimenden Gedanken hatte er auch rasch wieder verworfen. Denn mit an Sicherheit grenzender Wahrscheinlichkeit würde sein Geld anschließend gönnerhaft mit der Gießkanne verteilt werden, und ein Strahl davon ergösse sich dann doch wieder in einen der vielen bereitgestellten Töpfe der skrupellosen Absahner aus aller Welt. Keinesfalls täte er da ein Scherflein bei. Wegen diesen Dahergelaufenen hatte er Deutschland nach dem Krieg nicht wieder so prachtvoll aufgebaut! Nein, nein, sollte die Woyzeck sich doch ein schönes Leben mit seinem Geld machen. Er betrachtete dies schon fast als späte Wiedergutmachung gegenüber den Polen. Und wer weiß, vielleicht brachte sie ihm hin und wieder auch ein paar Blümchen aufs Grab?

Mit einem Blick auf die Uhr stellte er überrascht fest, dass es schon kurz vor dreiundzwanzig Uhr war. Entgegen seiner Gewohnheit hatte er gar nicht die Nachrichten eingeschaltet. Heute lief absolut alles anders. Und Schuld daran hatte nur der Besuch, der nicht kam. Wie es auch sei, was gäbe es bei den Radionachrichten schon Wichtiges zu verpassen? Diese Quäkerkisten, die bereits der Reichspropagandaminister Goebbels flächendeckend eingeführt hatte, schütten wie ehedem doch nur Lug und Trug übers Land aus.

Herr Jonas presste sich entnervt beide Hände auf die Ohren, obwohl der Lautsprecher stumm war. Er wollte nur kurz das Gefühl genießen, Macht darüber zu besitzen, die Ohren verschließen zu können, bevor die riesige Informationsmüllhalde, die im Laufe seines Lebens in seinem Hirn angewachsen war, ihm beim geringsten Übermaß endgültig den Schädel zerriss. Nicht mehr als hohle Schlagworte waren es, mit denen man aus unaufhörlich plappernden Münden bombardiert wurde. Schlagworte, die ihren Namen verdienten. Denn sie droschen ihre wohl lancierten Argumente unerbittlich auf das Volk ein, bis, ja, bis eines Tages das verunsicherte, vom verlogenen

Redeschwall übersättigte Volk zurückdrosch, auf alles, was ihm vor die wehrhaften Fäuste kam. Und dabei würden sie skandieren: »Wir sind das Volk, wir sind das Volk!«

Noch hielten sie still, die Massen, und wenn überhaupt, dann wehrte man sich gegenwärtig vereinzelt durch dosierte Teilnahmslosigkeit, man boykottierte im Kleinen, wo und wie man konnte. Die Rebellion fand zunächst in den Köpfen statt. Aber wehe, wenn mehr und mehr der vielen ausgenutzten und abgenutzten Rädchen das große Getriebe der Wirtschaft vorsätzlich und gezielt ins Stocken brachten. Der Zusammenbruch der DDR, in der es ähnlich begonnen hatte, war dafür doch ein Paradebeispiel. Die Waffe des Volkes war zunächst nicht der blanke Terror, nein, es war der gewaltfreie Widerstand im Kleinen. Eine Art intensiver Mürbetaktik. Geradeso, wie man in einem entscheidenden Moment aus einem altbackenen Brötchen Paniermehl bröselte. Was hatte man denn schon zu verlieren? Verlieren konnte nur der, der zuvor gewonnen hatte. Doch im Spiel der Kräfte und Mächte gehörten die meisten zu den Verlierern. Also musste man den wenigen Gewinnern an den Kragen gehen, weil sie zulasten der Gemeinschaft falsch gespielt hatten!

Ach, armer Herr Jonas, so viel Hoffnung hatte er 1949 in die Demokratie gesetzt. Aber bald schon wurde ihm klar, dass sich der einzige Unterschied zur Diktatur darin zeigte, dass man den gutgläubigen Menschen taktisch raffiniert letztendlich nur die Wahl gab, von wem sie gemaßregelt und diktiert werden wollten. Die Demokratie der Fünfziger, die der Sozialen Marktwirtschaft, hatte man längst sang- und klanglos neben dem Anstand und der Moral begraben. Die neuen Pseudodemokraten beschworen wetteifrig den freien Markt. Aber bald würde es auch der letzte Depp im Lande zu spüren bekommen, dass dieses demokratische Wesen abgrundtief gesellschaftsfeindlich war, weil es moralschwachen Menschen beinahe ungestraft die Möglichkeit bot, rücksichtslos ihre Begierden zu befriedigen.

Nie hätte Herr Jonas geglaubt, dass er noch einmal zum Rebell mutierte. Allerdings nur zu einem Kopfrebell. Sollte er denn alleine auf die Straße gehen? Nein, das wollte er nicht. Außerdem wollte er sich in seinem Alter auch nicht mehr als »braune Sau« bezeichnen lassen. Aber gegangen wäre er schon gerne. Denn auch er fühlte sich von den »gehorsamen« Medien, die ja auf höheres Geheiß ihrer sie unterstützenden Klientel ganz gezielt deren passende Wahrheit verbreiteten, hinters Licht geführt. Er fühlte sich als Staatsbürger dadurch sukzessive entmündigt und gefügig gemacht.

Seine geheime Rebellion hatte im Grunde damit begonnen, als er bei der letzten Landtagswahl in der Wahlkabine, die ihm von fremden Augen abgeschirmt in diesem Moment wie der Sitz des allerhöchsten Weltengerichts vorkam, mit seinem eigens dafür mitgebrachten Kugelschreiber einen harten Strich quer über den Wahlschein zog. Er erinnerte sich sogar noch an die Worte »Ihr Arschlöcher«, die er dabei stumm herunterschluckte. Die größte Genugtuung allerdings empfand er nur wenige Minuten später, als er mit seiner ungültigen Stimmabgabe aufrecht zur Urne schritt, an der zufällig der Spitzenkandidat seiner sonst favorisierten Partei stand. In einem symbolischen Akt des verhüllten Widerstandes steckte er vor dessen Augen das wertlose Zettelchen, freundlich und untertänig lächelnd, in den Schlitz der Wahlurne. Diese Art der heimlichen »Rache des kleinen Mannes« hatte er allerdings schon einmal als Knabe erfolgreich praktiziert, als ihm damals der knurrige Milchkutscher zu wenig Wechselgeld herausgab. Da wartete er einen günstigen Moment ab, als der unangenehme Kerl auf ein Bier in der Schenke an der Ecke verschwand, um dann fix, haste nicht gesehen, dessen erschrockenem Gaul kräftig eins vors Schienbein zu treten.

Bei jedem neuerlichen Gedanken an den ganzen Irrsinn der aus dem Ruder geratenen Zeit wühlte die unterschwellige Aggression das vom Alkohol trübe gewordene Sediment seiner Gefühle wiederum jäh nach oben. So hoch wurde es geschleudert, dass es vor seinen Augen plötzlich vor Groll flimmerte und sprühte. Am liebsten wäre er wutentbrannt aufgesprungen, um mal ordentlich mit der Faust auf den Tisch zu schlagen. Aber die Altersmilde und die über Jahre hartnäckig eingenistete Resignation, die wie eine zusätzlich erworbene Blutzelle seinen Organismus durchströmte, die waren es schließlich dann doch, die ihn erneut rücksichtsvoll besänftigten.

»Scheiß Politik!«, fluchte er laut. »Aber was geht es mich noch an! Soll doch die jetzige Generation ihren Mist alleine regeln.« Er musste schließlich auch die Folgen zweier Weltkriege ausbaden, das war ebenfalls kein Pappenstiel, kein Zuckerschlecken! Da hatte man ihn auch nicht groß gefragt, ob er damit einverstanden war oder nicht! Aus diesem Grund schoss ihm auch jedes Mal der heiße Zorn in die Kopfhaut, wenn er das neuerdings von den Politikern häufig strapazierte Wort von der *Generationenungerechtigkeit* hörte. Die Alten würden die Jugend ausbeuten.

»Ha, dass ich nicht lache!« Nun schlug Herr Jonas aber doch feste mit der flachen Hand auf die Tischplatte. Man würde sich mit der Staatsverschuldung an den kommenden Generationen versündigen, wurde öffentlich aus allen politischen Lagern gewetteifert, nur um sich das »unaufgeklärte Stimmvieh der Jugend« frühzeitig an Land zu ziehen. Dabei wurde ihnen doch alles hinten reingesteckt, der gehätschelten, verwöhnten, egoistischen Brut. Die hatten als Neugeborene noch nicht ihren ersten Schrei getan, da wurde für sie schon das Tischlein gedeckt. Schon gut, dass die meisten erst gar nicht auf die Welt kamen, denn die wurden ja chemisch verhütet oder sie landeten als Zellklumpen in den Abfalleimern der Arztpraxen. Für die anderen aber war die Welt wohl fein errichtet. Sie fanden alles vor, was das Herz begehrte, und sie brauchten bloß noch einzuziehen, ohne überhaupt einen Cent dafür bezahlt und einen Handschlag dafür getan zu haben. Alles, aber auch alles fanden sie vor. Alles und jedes war bewerkstelligt. Selbst die Schlauesten der Schlauen hatten ihnen in der Vergangenheit das Denken schon vorweggenommen. Da konnte man doch nicht von Schulden sprechen, lächerlich, höchstens von Guthaben!

Herrje, wenn er die unerzogene, von Kurzweil dumm gemachte Nachkommenschaft auf der Straße aufmerksam betrachtete, dann war er sich sicher, dass sie ohne dieses servierte Menschheitserbe in die Steinzeit zurückfallen würde.

»Ach Hedwig«, seufzte er, »is das nich alles fuchbar?«

Den greisen Mann beschlich in seiner Ausweglosigkeit ein merkwürdiges Empfinden von Heimweh, wobei er nicht zu benennen wusste, wo dieser Ort lag, zu dem es ihn mit einem Male in so herzzerreißender Wehmut hinzog. Oder war es gar kein weltlicher Ort, sondern ein fiktiver Platz der Geborgenheit, in dessen Schutz er des Öfteren in der Kindheit Zuflucht fand?

Um im wilden Chaos seiner Sinnesreize einen visuellen Punkt zu finden, an dem er sich zur Ablenkung irgendwie innerlich klammern konnte, richtete er sein Augenmerk angestrengt auf den Vogel. Dieser kam ihm plötzlich vor, als säße die Freiheit in einem Käfig. Und je länger er ihn sich besah, desto mehr wurde ihm bewusst, dass auch er, Friedbert Jonas, sein ganzes Leben gefangen gewesen war. Mutterseelenallein gefangen in einem Käfig aus selbst auferlegten Hemmnissen, Vorurteilen und Ängsten, in dem das scheue, freiheitsliebende Glück unweigerlich verkümmern musste. Da nutzte es auch nichts, wenn sich das flatterhafte Glück gelegentlich, geradeso wie sein von Herzen geliebtes Peterle, zur Freude und Erbauung der Seele zutraulich auf seinen Finger setzte, um im nächsten Moment verschreckt auf und davon zu fliegen. Wie nur hätte man dem Glück folgen sollen, wenn man in einem Käfig saß, und mochte dieser noch so golden sein? Um das Glück erhaschen zu können, musste man sich zuallererst selbst befreien! Befreien aus dem engen Korsett von falsch verstandener Unterwürfigkeit gegenüber jedem und allem.

Ihn übermannte förmlich das bittere Gefühl des Scheiterns und der Einsamkeit. Wer nur hatte sich schon zu Beginn seines hoffnungsvollen Lebens dermaßen an ihm versündigt, dass er im Laufe der Jahre zu seinem eigenen Gefangenen wurde? Durfte er sich diese Frage überhaupt stellen? War nicht er selbst für alles das verantwortlich, was nun auf ihn zurückfiel?

Ach, ein Vogel ohne Käfig müsste man sein, so leicht und frei. Einfach vom Wind getrieben davonfliegen und all die schweren Sorgen am Boden zurücklassen wie unnützen Ballast. Aber dazu müsste erst sein Geist frei werden, der noch in seinem Körper eingesperrt war. Genauso eingesperrt wie Peterle in seinem Käfig.

Er stutzte. Was für ein verwegener Gedanke kam ihm denn da?

»Du versündigst dich an dieser Kreatur, Friedbert Jonas!«, sagte die innere Stimme mahnend.

»O ja, es ist nicht rechtens, einen Vogel im Käfig aufzubewahren«, antwortete er ihr ins Leere zurück. Wieso bemerkte er diese unwürdige Quälerei erst jetzt?

Ihm fiel es sehr schwer, sich aus den fesselnden Gedanken und der daraus folgenden körperlichen Lethargie zu lösen, aber schließlich raffte Herr Jonas sich doch auf. Unsicheren Schrittes torkelte er zum Vogelbauer. Beugte sich so tief zu dem Tierchen herab, dass seine Nase und Mund die Gitterstäbe berührten. Der Vogel, der wohl an eine ihm gewohnte Näscherei dachte, tippelte drollig auf der Holzstange bis dicht an das Menschengesicht und versuchte mit seinem flinken Schnäbelchen, aus den ihm dargebotenen sabbernden Lippen des Alten die triefende Spucke aufzunehmen. Eine Weile ließ der Geduldige es geschehen. Dann richtete er sich auf. Wie ein drohender Lehrer in der Schule, der von oben herab auf seinen unwilligen Zögling einspricht, verkündigte Herr Jonas dem augenblicklich sich duckenden, sichtlich eingeschüchterten Vogel mit strenger Miene und bewegter Stimme: »Die Zeit ist angebrochen, dass wir uns trennen müssen, Peterle. Ich schenke dir die Freiheit.« Er hatte noch nicht ganz das letzte Wort ausgesprochen, da schnappte er sich auch schon beherzt den Henkel des Käfigs. So schnell, wie es in Anbetracht seines Zustandes ging, machte er sich daran, die Drahtbehausung mit dem wie toll flatternden Vogel darin zum bereits geöffneten Fenster zu bringen. Ohne lange zu überlegen, entriegelte er das Türchen und fasste mit geübtem Griff nach Peterle, der in seiner geschlossenen Hand vor lauter Furcht in eine regelrechte Totenstarre verfiel. Ein letztes Mal rieb Herr Jonas dessen flauschiges Köpfchen an seiner bartrauen Wange und pustete ihm zärtlich das Gefieder durcheinander.

»Ich schenke dir die Freiheit, mein Kleiner … hörst du? Die Freiheit schenke ich dir!«, flüsterte er ihm ins farbenfrohe Vogelgesicht, in dessen schwarzen Äuglein die schiere Angst blitzte. Dann, geradeso als balanciere man ein rohes Ei, öffnete er bedacht die Hand. Der

Vogel wusste anscheinend nicht, wie ihm geschah, denn er machte keinerlei Anstalten, auf und davon zu fliegen.

»Was bist du nur für ein armseliges Etwas«, schnauzte Herr Jonas ihn beinahe zornig an, »warum verschwindest du nicht? Brauchst du etwa eine Extraeinladung?«

Peterle verdrehte ulkig das Köpfchen und machte sich daran, über den ausgestreckten Arm seines Gönners in Richtung Schulter zu tippeln. Er tat es in der putzigen Weise, wie er es immer machte, wenn ihn Herr Jonas zur eigenen Kurzweil auf ein halbes Stündchen in der Stube herumfliegen ließ. Und zwar setzte sich der Sittich zunächst auf dessen Schulter, um seinem Menschen zärtlich am Ohrläppchen zu knabbern.

Erst als ein ordentliches Donnergrollen die beinahe unerträglich schwüle Luft erzittern ließ, schwirrte Peterle aufgescheucht nach draußen in die ungewisse Dunkelheit.

Herr Jonas hielt den Atem an. Das ungewohnte Bild der Befreiung verunsicherte ihn zutiefst. Ein zahmer Wellensittich, der nach all den Jahren der Gemeinsamkeit in die Schwärze der Freiheit entfloh. Doch sein Peterle flog nur einen Halbkreis ganz in der Nähe des Fensters, worauf er unverzüglich zurückkam und sich umgehend auf die Fensterbank niedersetzte.

»He, he mein Freund, so haben wir nicht gewettet«, rief Herr Jonas empört und klatschte dreimal kräftig in die Hände. Das war dem Vogel nun aber doch zu viel. Ohne zu zögern, hob er von dem schmalen Sims ab und entschwand im Zickzackflug in die von Blitzen hell und dunkel gehüllte Nacht.

Herrn Jonas wollte es schier das Herz zerreißen, als er seinem innig geliebten Peterle mit Tränen verschwommenen Augen nachblickte. Er musste schon angestrengt schauen, bis er ihn im Schein einiger dicht aufeinanderfolgenden Blitze auf einem naheliegenden Dachfirst ausmachen konnte. Vom unaufhörlichen Regen völlig zerzaust harrte der Vogel noch für ein geringes Weilchen unentschlossen aus, bevor er sich endgültig in der Finsternis verlor.

X

Verzweifelt stützte Herr Jonas die Ellenbogen auf die Tischplatte und vergrub das tränennasse Gesicht in seinen schmalgliedrigen Händen. »Schlafen möchte ich, schlafen. Für alle Zeiten schlafen, nichts weiter als schlafen. Nichts mehr hören und nichts mehr sehen«, jammerte er ohne Unterlass vor sich hin. Da die Trauer es vermochte, die Zeit hinweg zu nehmen, wusste er anschließend nicht, wie lange er in dieser andächtigen Haltung verweilt hatte. Jedenfalls reckte er seine Glieder, die ihm schon beinahe wie versteinert schienen. Komisch sah es aus, als er mit Armen und Beinen strampelte. Aber nichts war komisch an der Situation. Und schon wischte er sich mit seinem Taschentuch das Gesicht trocken. Immer wieder fuhr er damit über die Augen, als klebe Schmutz darinnen.

Der Tag war vorübergegangen und die Nacht hatte Einkehr gehalten. Nun war es aber wirklich an der Zeit, sich mit aller Entschlossenheit auf den Besuch vorzubereiten, von dem er bis zur Stunde gehofft hatte, ihm nie aufmachen zu müssen. Jetzt aber gab es kein Zurück mehr. Lange genug hatte er es vor sich hergeschoben. Bald würde die Uhr Mitternacht schlagen. Er war aufs Höchste angespannt, ob der Gast in einem dunklen Gewand käme, wie er dem Brauchtum nach in den alten Büchern abgebildet war. Als Kind hatte es ihm vor dieser Erscheinung fürchterlich gegruselt. Die riesige Kapuze, die sein Gesicht auf geheimnisvolle Art verbarg und man einzig an der krummen Sense in seiner rechten Hand erkannte, um wen es sich tatsächlich handelte … nämlich um den unbarmherzigen Menschenschnitter.

Eines allerdings lag Herrn Jonas noch auf dem Herzen, von dessen angestauter Lebenslast er sich im baldigen Angesicht seines aller-höchsten Richters unbedingt befreien musste. Einen Brief wollte er seiner lieben Hedwig noch schreiben. Einen Brief, in dem er ihr nachträglich all das mitteilen konnte, was er in der allzu kurz bemessenen Zeit der Ehe aus Scham und falsch verstandener Geziertheit versäumt hatte auszusprechen. Zuviel des Ungesagten drängte in der Stunde der Wahrheit, wenn schon nicht ausgesprochen, so doch zumindest aufgeschrieben zu werden. Also nahm er Papier und Füllfederhalter zur Hand und begann, ohne Hemmungen und Scheu das niederzuschreiben, was ihn in den trostlosen Jahren seines Alleinseins unterschwellig bedrückte. Von inniger Liebe schrieb er, um Verzeihung bittend. Wie schön alles hätte gewesen sein können, wenn er nicht andauernd und schmählich dem Hang seiner allzu menschlichen Schwäche nachgegangen wäre. Dass er in seinen oft unruhigen Träumen den Kindern, ihren Kindern und denen eines ihm fremden Mannes, gerne und unvoreingenommen ein guter Vater gewesen wäre, schrieb er zutiefst bewegt auf. Und dass er überhaupt sämtliche Schuld auf sich nehme, das schleichende Gift in ihrer bedauernswerten Ehe gewesen zu sein. Ab und zu hielt er staunend inne, um die Flut der hereinströmenden Gedanken in verständliche Worte zu bändigen. Er wollte diese schwirrenden Kopfgeister in hübsch formulierte Sätze fassen, um sie dann ebenfalls aus sich heraus zu befreien. Ein für alle Mal wollte er sich von ihnen befreien, gleich und sofort! Sie sollten sich nicht wie das herzallerliebste Peterle erst noch einmal zögerlich auf die Fensterbank setzen. Zum anderen aber unterbrach er widerwillig den Tintenfluss, wenn Blitz und Donner beinahe gleichzeitig drohend über dem Haus stritten und der Regen ungehindert zum Fenster hineinprasselte, als verstecke sich selbst dieser vor dem wütenden Himmelsfeuer. Dabei war es ihm total gleichgültig, dass sich in unmittelbarer Nähe des Fensters, auf Teppich und Linoleum, mittlerweile überall kleine Pfützen bildeten, die hier und da in schmalen Rinnsalen vorwitzig unter den Schrank und die Couch krochen. Ihm war alles egal, was das hinlänglich Bewahrte betraf. Nichts dergleichen ging ihn nunmehr etwas an. Am liebsten wäre er aufgestanden und hätte den ganzen Plunder und Tand, der ihn umgab, mit der Axt kurz und klein geschlagen. Andere Werte, bessere Werte gab es seiner späten Einsicht nach zu hegen und zu pflegen. Werte, die niemand sah, die man aber als schmerzliche Reue zu einem Zeitpunkt wie diesem in seinem Herzen zu spüren bekam, wenn das Vergängliche auf ewig verging.

Da lag er nun vor ihm, der vollendete Brief. Ein unscheinbares Blatt Papier, auf dem mit ungelenker Hand fein säuberlich Buchstabe für Buchstabe gekritzelt war. Wertlos dem, der die Geltung der Gefühle nicht entziffern konnte. Aber als ein untrügliches Zeichen der lauteren Liebe an den Menschen gerichtet, dessen Seele befähigt war, die stumme Botschaft der Hingabe ohne Hindernis von Raum und Zeit zu empfangen.

Aber was sollte mit dem Schreiben geschehen? Welches irdischen Boten bedurfte es dafür, es dem richtigen Adressaten zuzustellen? Einzig die Himmelsmächte würden dieses vermögen, dachte sich der mehr und mehr geistig beschränkte Alte. Daher faltete er mit fahriger Hand den Bogen, geradeso und nicht weniger geschickt, wie er es oft als Bub getan hatte. Quer und diagonal falzte er mit seinem harten Daumennagel die Kniffe so lange, bis eine recht ansehnliche Papierschwalbe die originelle Bastelarbeit beendete. Er wendete und drehte sein Werk zur Begutachtung einige Male vor seinen schmal gepressten Lidern und nickte der Arbeit schließlich gefällig zu.

Auf dem Weg zum Plattenspieler geriet ihm der verlassene Vogelbauer vor die Füße, den er achtlos auf dem Fußboden abgestellt hatte. Unbeherrscht trat er davor, dass dieser scheppernd gegen die Ofenlade prallte und dort zerbeult und kopfüber im ausgestreuten Sand liegen blieb. Fast konnte man den Eindruck haben, dass es sein Käfig gewesen wäre, in dem er über viele Jahre sein Dasein fristen musste und an dem er im Augenblick der Erkenntnis Rache üben wollte. Aber noch war er nicht wie sein Peterle auf und davon geflogen! Noch war er in der Welt!

Kurz darauf, begleitet von Rauschen und Knistern, erschallte aus den Lautsprechern der Musiktruhe wieder die Stimme des ach so verehrten Tenors, der schmachtend das ihm vertraute Lied der Liebe sang. Voller Verklärung kam Herrn Jonas erneut die Agnes Vögelein in den Sinn, während er das gefaltete Papier küsste. Agnes Vögelein, die

Schöne und Reizvolle. Die ehedem seine heißen Jungmännerträume entfachte, die sich so schnell in Dunst und Rauch auflösten, wie sie entflammten. Diese Liebe aber war nicht mehr als ein Strohfeuer gewesen. Für die lebenslange Liebe brauchte es eine beständige Glut, das war ihm nicht nur beim Schreiben des Briefes soeben deutlich geworden. Dieses unreife Liebesglück, das er damals bei Agnes empfand, das sich wie eine allzu früh aufbrechende Leidenschaftsknospe in seinem Herzen entfaltet hatte, konnte wahrhaftig nicht mit dem tiefen und stillen Zueinander zu Hedwig mithalten. Nein, nein und nochmals nein! Was über Jahre reifte, kam gänzlich ohne das liebestolle Brimborium des überschäumenden Gefühlswirrwarrs der vergänglichen Jugendzeit aus. Mitleidig lächelnd kam ihm das junge Verliebtsein nun wie ein vorsätzlich herbeigeführtes Aussetzen des Verstandes vor.

Immer noch still vor sich hinlächelnd trat Herr Jonas mit dem gefalteten Liebesbrief ans Fenster. Dann holte er weit mit dem rechten Arm aus und schwang ihn galant nach vorn.

Ein Stern fällt vom Himmel, ein funkelnder Stern bringt mir eine Botschaft von fern, von dem großen Glück ... Da flog er dahin, der papierene Vogel. Trudelnd und gleitend in die Nacht hinaus, bis auch dieser dem müden Auge gänzlich entflohen war. Im gleichen Augenblick spürte der im Herzen gebrochene Mann Erleichterung in seiner Brust. Mochte die Nachricht ohne Ende schweben und schweben bis zum St. Nimmerleinstag. Am liebsten würde auch er augenblicklich davonschweben, immer weiter und weiter über die Grenzen des Diesseits hinaus in die luftigen Gestade des Nirgendwo, an dessen sorglosen Ufern – so wäre es sich zu wünschen – er Hedwig begegnen würde. Dort, wo sie jetzt war, gab es mit Sicherheit kein Alzheimer und überhaupt kein Leid, sondern nur den berauschenden einmaligen Frieden. Dahin wünschte auch er sich in diesen Minuten. Und er stellte sich das »Drüben« ebenfalls als ein Friedland vor, ähnlich dem, in das er am Ende des Krieges und der Gefangenschaft nach langem Marsch angekommen war.

Von seinen Vorstellungen erschüttert sah er, einem Scheingebilde gleich, Hedwig auf sich zulaufen, und neben ihr rannten Peterle und

Traudelchen ihm fröhlich lachend entgegen. O ja, er war bereit dazu, seine kleine Familie zu einem ewigen Neuanfang in die Arme zu schließen.

Er wandte sich ab und torkelte in Mimik und Gehabe entschlossen zum Kühlschrank. Das Fenster ließ er weiterhin offen, damit in Bälde auch seine Seele in die Nacht entfliehen konnte. Mit Schwung öffnete er die Kühlschranktür. Da er es gewohnt war, dass sie klemmte, hatte er dabei zu viel unnötige Kraft aufgebracht, sodass sie ordentlich lärmend vor die Zimmerwand schlug. Er grinste abfällig über seine Nachlässigkeit. Wahllos griff er in eines der mit allerhand Krimskrams gefüllten Fächer hinein und packte sich, soviel er zu tragen vermochte, etliche jener dort gehorteten Schachteln, in denen sich die Schlaftabletten befanden. Zurück an seinem Platz angekommen, legte er die Medikamente auf dem Tisch ab, um gleich darauf aus einem rätselhaften Grund das Licht zu löschen. Bevor er sich wieder setzte, goss er Weinbrand in sein Glas, wobei er im unzureichenden Lichtkegel der Musiktruhe und im fahlen Schein der erneut zuckenden Blitze sorgsam darauf achtete, dass es bis knapp unter dem Rand gefüllt war. Trotz zittriger Hand achtete er penibel darauf, nicht den letzten Tropfen des kostbaren Flascheninhaltes zu verschütten.

Aufstöhnend ließ er sich in den Stuhl fallen. Für Herrn Jonas war es an für sich nichts Ungewöhnliches, in der Dunkelheit zu sitzen. Oft verweilte er bei gelöschtem Lampenlicht stundenlang in entrückter Nachdenklichkeit. In dieser Haltung lauerte er dann voller Erwartung, dass die Müdigkeit ihn irgendwann auf sein unbequemes Lager treiben würde. Doch diesmal gab er sich nicht mit dem Schlaf, dem kleinen Bruder des Todes zufrieden. Nun erwartete er den mächtigen Boten der ewigen Nacht persönlich! Was in dieser Stunde geschehen sollte, würde alles Bisherige übertreffen!

Zur Stärkung seines Vorhabens nahm Herr Jonas einen kräftigen Schluck. Mit fahriger Hand führte er das Glas zum Mund, wobei der Spiegel der Flüssigkeit in feine Wellen geriet, geradezu wie bei der Oberfläche eines Sees, dessen unerwartete Aufgewühltheit ein Beben ankündigt. Hastig trank er. Und es dauerte nicht lange, bis der Alkohol das Geäst seiner Adern erquickend durchfloss, bis auch seine

Seele zu großen Taten erstarkte. Ihm war plötzlich, als würde sie von jetzt auf gleich wachsen und wachsen. Er selbst schien zu wachsen. Schon kam es ihm vor, als würde er die Stube ausfüllen, die Stadt, das Land, als würde sich sein Innerstes zu einem neuen Universum aufblähen. Was jetzt Macht über ihn bekam, war sein auflodernder Lebensfunke, sein eigentliches Ich. In diesem Augenblick unterlag sein irdischer Wille einer universellen Geistesenergie, deren Befehle er nicht nur folgen wollte, sondern dem inneren Zwang nach folgen musste. In dieser Spirale von Selbstüberschätzung öffneten sich seine Hände fast schon mechanisch, als wären sie zum Gehorsam degradiert, und wahllos entnahmen sie den Schachteln sämtliche Tabletten. Mittels zweier Esslöffel, die eigentlich für das Abendbrot eingedeckt waren, zerbröselte er sie zu einem mehligen Pulver, welches er nach und nach in das Glas mit dem darin verbliebenen alkoholischen Wegbereiter streute. Als auch das letzte weiße Stäubchen in dem bräunlichen Getränk schwamm, erfasste er den Stiel des Löffels, um Schnaps und Chemie zu einer brisanten Mixtur zu verrühren. Dabei überwältigte ihn das großartige Gefühl der Dominanz, die ihn geradewegs angstfrei dazu ermächtigte, in absoluter Beharrlichkeit zu walten und zu schalten.

Von seinem Tun überzeugt, ergriff er das Glas, das ihm wie der Gnadenkelch vorkam, und während sich sein Mund gierig öffnete, schauten seine Augen sehnsuchtsvoll in die Öffnung des Glases, aus der ihm das Glück verheißene Gebräu zuerst zaghaft, dann einem Sturztrunk gleich wie tausend glühende Feuer in den Leib rann. Und bei jedem Schluck, der einen automatischen Reflex in seiner Kehle auslöste, war es ihm, als höbe sich in rhythmischer Manier ein imaginärer Grenzbaum, der ihm bis zu diesem Moment den Eintritt in ein ihm verbotenes Land verwehrt hatte.

Als sich schließlich das Glas bis zur Neige geleert hatte, lehnte er sich entspannt in die Rückenlehne des Stuhles zurück und harrte der Dinge, die da kommen mochten.

Aber was waren das für Possen? Von den Blitzen gestaltete Schatten huschten als groteske Gespenster über die Wände, denen der grollende Donner zu verwegenem Tanz aufspielte.

»Narrenschatten«, lachte Herr Jonas schrill gegen das polternde Getöse an. »Das ganze Leben ist ein Narrenschatten!«

Am liebsten wäre er aufgefahren, um mitzuspringen bei der wilden Hatz der Schädelbrut, wenn ihm die Beine nicht bleiern den Dienst versagt hätten. So jedenfalls saß er weiter und ließ nicht davon ab, das harlekinische Getue im Raum heiter angerührt zu beobachten.

Da! Ein greller Blitz zuckte wie ein suchender Lampenstrahl durch die Fensteröffnung und erhellte die düstere Stube. Hoppla! Wurde das spaßige Gespinst im äußersten Winkel nicht leibhaftig? Schwoll das dunkle Gebilde im Flackerschein nicht zur unverkennbaren Gestalt seines Vaters heran? Drohte er nicht in diesem Augenblick, gar riesig bis über die Zimmerdecke reichend, sich zornig auf ihn zu stürzen? Aber schon löschte ein krachendes Donnerbeben die vorgetäuschte Gefahr. Ins Nichts aufgelöst verschwand der scheinbar Auferstandene hinter die Tapeten. Bis im blendenden Leuchten eines sich erneut entladenen Himmelsleuchten aus einer anderen Ecke unvermittelt Hedwig erschien. Körperlos strich ihr Seelenhauch über ihn hinweg, so deutlich und spürbar, dass er seine Arme zur freudigen Umarmung ausbreitete, die ihm aber ungehorsam herabfielen, als sei aus ihnen schon das rege Leben gewichen. Gleichzeitig kroch eine eisige Kälte an seinen Beinen hoch, die dort, wo sie sich zärtlich an ihn schmiegte, abgestorbene Taubheit hinterließ. Nun half auch kein Weglaufen mehr. Eigentlich wollte er auch nicht mehr weglaufen. In seinem ganzen Leben war er vor irgendetwas davongelaufen, nun hatte er die einzigartige Chance erhalten, demjenigen furchtlos ins Auge zu blicken, vor dem die Welt von Anbeginn der Menschwerdung erzitterte. Doch noch hatte Herr Jonas die Schicksalsbrücke nicht gänzlich überschritten. Noch stand er neben der Angst in der Mitte, direkt am Grenzpunkt von Sein und Vergehen. Und diesen Punkt der Entscheidung getraute sich selbst der grausige Tod nicht zu überschreiten. Auch der kalte Mittelsmann kannte von Anbeginn seiner ihm auferlegten Pflichterfüllung die Furcht, die Furcht davor, dass der Dahinscheidende im letzten Moment zurück ins Leben floh. Denn im Gegensatz zu dem, was die Menschen hinlänglich glaubten, schritt der Tod nicht ins Leben. Nein, der Tod reichte seine Hand aus dem Totenreich heraus. Und bevor der Sterbende sie ergreifen konnte, musste er erst den treuen Begleiter des Lebens loswerden, die Angst vor dem Tod. Erst wenn ein Mensch diese Gemarkung überschritten hatte, war er wirklich frei und galt als ein glorreicher Sieger über die verfluchte Lebensangst und als Bezwinger des Todes.

Der alte hinfällige Mann saß verkrampft auf dem unbequemen Stuhlsitz, und das Kinn schlug in immer kürzer werdenden Abständen unsanft auf seine hagere Brust. Er hatte große Mühe, das schwere knöcherne Gehäuse auf seinen Wirbeln senkrecht zwischen den Schultern zu tragen. Aber solange »derjenige« nicht ins Zimmer eingetreten war, auf den er den ganzen Tag gespannt gewartet hatte, wollte er es unbedingt vermeiden, in den nicht enden wollenden Schlaf zu verfallen. Er wollte ihm furchtlos ins Angesicht schauen.

So riss er bei jedem kraftlosen Dahinsinken weit die Augen auf. Ohne Unterlass wanderten seine Augäpfel geschmeidig hin und her, beinahe wie die Raubtiere im Zoo hinter Gittern ihre Bahnen ziehen. Er würde parat sein, egal, aus welch düsterem Loch der Gast erscheinen würde.

Eine Weile schon geschah nichts, rein gar nichts geschah, aus dem man hätte schließen können, dass aus der Ferne, mit hartem Getrappel sich ankündigend, die verwegenen apokalyptischen Reiter auf ihren schnaubenden Rossen im Anmarsch wären.

Stille! Stille! Nur das Ticken der Uhr dröhnte wie Hammerschläge in die ansonsten marternde Geräuschlosigkeit und überdeckte mit seinem metallenen Tick ... Tack ... Tick ... Tack ... Tick ... Tack ... sogar das monotone Kratzen der Nadel, die in der letzten Leerrille der Schallplatte ihre nutzlose Bahn zog, ließ die Stille laut werden, da selbst der Himmel mit einem Male schwieg, als wäre er vor Erwartung der jenseitigen Kälte, die so im Widerspruch zur irdischen Hitze hereinzubrechen drohte, verstummt.

Herrn Jonas hätte es sicher nicht verwundert, wenn die Mechanik des Plattenspielers und die der Uhr von jetzt auf gleich ihren Dienst versagt hätten vor lauter Ewigkeitserwartung. Es war, als schliefe alles um ihn herum friedlich und besinnlich ein. Alles, was vor

Kurzem noch voller kosmischem Antrieb und irdischer Lebendigkeit war, dämmerte nun schlaftrunken dahin, als gälte es, an dem schwanenden Unheil des allmählich dahinsiechenden Greises fürsorglichen Anteil zu nehmen. Dann, als man schon glauben konnte, dass das Ende des Friedbert Jonas besiegelt war, kam der unerwartete Paukenschlag. Ein gleißender Blitz und ein ohrenbetäubender Knall fuhren fast parallel in das eintönige Einerlei, wobei man nicht zu deuten vermochte, aus welcher Richtung, ob von unten oder oben, das neu entfachte Unwetter tobte. Das zusammengekauerte Häufchen Mensch, welches inzwischen kraftlos zwischen Tisch und Stuhl gerutscht war, bäumte sich im gleichen Moment auf, als wäre ihm der kosmische Stromschlag belebend in die Glieder gefahren.

Er riss die Augenlider forsch auseinander. Starrte, ohne den Kopf auch nur wenige Zentimeter nach rechts und links zu wenden, in eine wie für ihn vorbestimmte Richtung.

Ein frommes Lächeln flog über sein faltiges, aschfahles Gesicht, gerade wie ein aus schwarzem Gewölk brechender lichter Sonnenschein, der für Sekunden zaghaft über eine zerklüftete Landschaft streift.

»Da bist du ja endlich, Gevatter!« Jonas' gepresster Schrei war wie ein letztes Ausatmen. Fahrig griffen beide Hände nach der Tischplatte, um nochmals Halt im Hier und Jetzt zu finden.

»Lange genug musste ich warten, du Treuloser, du. Schau, es ist alles fein bereitet, der Himmel spuckt schon Blitz und Schwefel.«

Und so, als würde ihn der Tod voller Verachtung in das Reich seiner Macht schubsen, fiel Friedbert Jonas seitlich vom Stuhl, riss irgendetwas mit sich, zuckte noch einmal kurz mit den Beinen, als würde er einen riskanten Sprung wagen. Und dann war es wieder mucksmäuschenstill ringsherum.

Anmerkung

Als Frau Woyzeck zwei Tage später um die Mittagszeit von dem Besuch ihrer Schwester zurückkkam, fiel ihr gleich der dunkle, feuchte Fleck an der Zimmerdecke ihrer Wohnung auf. Genau an der Stelle, wo über ihr die Fensterseite von Herrn Jonas' Wohnung war. Das gab ihr nun doch zu denken. Unverzüglich nahm sie sich vor, bei dem Alten da oben nach dem Rechten zu sehen. Schließlich wellte sich an besagter Wand schon die Tapete. Da stimmte doch etwas nicht?

Ihre vage Vorahnung wurde zusätzlich geschürt, als sie vor seiner Tür die Zeitung unberührt vorfand, die sie ihm vor Aufbruch der Abreise wie gewohnt auf die Fußmatte gelegt hatte. Seltsam, die hatte er noch nie liegen lassen!

»Herr Jonas«, rief sie mit einem dumpfen Gefühl im Bauch, »is bei Ihnen alles in Ordnung?« Als sie keine Antwort erhielt, schlug sie beherzt mit der Faust gegen das Türblatt, wobei sie ihre Frage erneut vorbrachte – eine Tonlage höher und lauter. Nun wurde es ihr aber doch mulmig zumute. Durch das Schlüsselloch konnte sie leider nichts sehen, weil vor einem Jahr alle Etagentüren ein Sicherheitsschloss bekommen hatten. Natürlich presste sie ihr Ohr auch gegen den obligatorischen Fettkranz, aber es war still da drinnen, wie meist. Da kam ihr die Idee, von außen zu schauen, ob bei ihm die Schlagläden geöffnet waren.

Prustend und schnaufend eilte sie waghalsig die Stufen nach unten, selbst auf die Gefahr hin, auf den glatten, steinigen Stiegen auszurutschen. Die Neugier trieb sie an. Vor dem Haus erwartete sie peitschender Regen. Jedoch störte sie das nicht im Geringsten. Nach einigen gewagten Sprüngen um Matsch und Pfützen herum, blieb sie dann japsend stehen. Von ihrer Position aus konnte sie jetzt die Fensterreihe erkennen, wo Herr Jonas seine Behausung hatte. Sie richtete ihren Blick gespannt nach oben, wobei ihr die mittlerweile aufgeweichte Dauerwelle wie Sauerkraut ins Gesicht hing.

Ah, Herrn Jonas' Läden waren geöffnet, darüber hinaus stand das Fenster sperrangelweit offen, also musste er zu Hause sein. Der alte Pingelskopp würde doch nie seine Wohnung verlassen, ohne bei diesem Guss die Fenster zu schließen! Aber was war denn da um Himmels willen los?

Ein Versuch wäre es wert, dachte sie sich. Sie formte die Hände zu einem Trichter vor den Mund und rief mit weit in den Nacken gelegtem Kopf erneut Herrn Jonas' Namen, sodass nach mehrmaligem Anruf in der zweiten Etage ein Frauenkopf erschien.

»Was ist denn los, Wanda, was steht du denn da im Regen rum und schreist nach dem ollen Spinner da oben?«

»Ach Gerda, tu mir doch die Liebe und ruf gleich mal die Polizei an, mit dem ollen Jonas stimmt was nicht. Nicht das der Alte nen Schlag bekommen hat – und nun hilflos in seiner Wohnung liegt? Ich weiß, dass der da ist, aber der macht nicht auf.«

Es dauerte nicht lange, da hielt ein Streifenwagen vor dem Haus, vor dem eine klitschnass durchnässte Frau heftig mit den Armen in der Luft herumruderte. Nach etwa weiteren zwanzig Minuten kam die Kriminalpolizei. Wiederum kurz danach fuhr der umgehend herbeigerufene, zufällig in der Straße ansässige Leichenbestatter Jochen Hölzlein jun. im schwarzen Combi vor. Von Herrn Jochen Hölzlein jun. bekam Frau Woyzeck übrigens nach Abschluss seiner pietätvollen Tätigkeit haarklein nähere Einzelheiten über das Auffinden des Verstorbenen geschildert. Dies tat er natürlich nicht ohne das Versprechen, unbedingtes Stillschweigen darüber zu bewahren!

»Ne, ne, ne … Se können es sich gar nicht vorstellen«, begann sie schon bald nach dem vertraulichen Bericht des Bestatters, aufgeregt und bis ins Detail genau, Gott und aller Welt zu verkünden. »Wie das da oben ausgesehen hat. Obwohl, ich habe ja immer gründlich bei ihm sauber gemacht. Mir kann man das Durcheinander bestimmt nicht anrechnen. Ich war doch nur en paar Tage bei meiner Schwester. Ach du lieber Gott, überall stand das schmutzige Geschirr rum, und so eigenartig hat es da nach Pisse gestunken. Und dann noch der Vögelskäfig, demoliert, mitten im Raum hingeworfen. Und der dreckige Vögelssand überall verstreut ... Was bloß mit dem armen Tierchen passiert ist? Aber das Tollste kommt ja noch! Obwohl ... Man soll ja nix Böses über die Toten sagen. Ach, ich möchte es ihnen gar nicht erzählen mögen. Neben dem Stuhl hat der Herr Jonas lang gestreckt auf dem Boden gelegen. Der gute Mann! Mitten inne Scherben hat sein Kopp gelegen. Vielleicht hat er sich noch einmal das Foto von seiner Hedwig ansehen wollen, und dabei ist ihm der Rahmen aus der Hand gefallen, wobei das Glas zerdeppert ist? Ach ne, ne, ne, was muss das schön ausgesehen haben, wie er mit dem Gesicht auf dem Bild seiner Hedwig gelegen hat, als würde er schlafen, hat man mir gesagt. Ja, ja, als wäre er im Schlaf endlich vereint mit ihr!«

An dieser Stelle ihrer Schilderung stöhnte sie jedes Mal theatralisch auf.

Genau so, ja, genau so sprudelten die Worte bei jeder sich bietenden Gelegenheit aus ihr heraus. Solange sprudelte es, bis sie in ihrem Kauderwelsch alles losgeworden war, von dem sie meinte, dass es von Wichtigkeit sei. Doch später kam es oft genug vor, dass man sie abwinkend unterbrach, weil man die Geschichte schon mehrfach so oder völlig anders gehört hatte. Und eines Tages hörte man gar nichts mehr von ihr.

Auch wenn Frau Woyzeck bekanntermaßen sehr redselig war, hatte sie sicher ganz bewusst ein wichtiges Detail verschwiegen. Möglich, dass sie sich deswegen extra die Zunge zerbeißen musste, um nicht doch noch mit dieser Neuigkeit herauszuplatzen. Vermutlich war es ihr sehr schwer gefallen, über den für sie glücklichen Umstand ihres plötzlichen Reichtums selbst auferlegtes Stillschweigen zu bewahren. Aber trotz aller Verwunderung darüber gab sie entgegen ihrer ansonsten überschwänglichen Eigenart nichts davon kund, dass ihr Tage später auf dem Polizeipräsidium das handschriftliche Testament des Verstorbenen ausgehändigt wurde. Danach war sie von heute auf morgen wie vom Erdboden verschwunden. Einige gaben an, sie in Wuppertal gesehen zu haben. Andere stritten das aber ab, weil ... wie sollte die Woyzeck an so einen schicken Wagen gekommen sein? Und überhaupt … dieser modische Style, wie kopfschüttelnd geschwatzt wurde.

Allerdings, für Frau Woyzeck hatte sich in der Tat einiges oder alles zum Positiven gewendet. Nachdem jegliche Formalitäten des Erbanspruchs erledigt waren und das Geld auf ihr Konto verbucht wurde, zog sie umgehend zu ihrer Schwester nach Wuppertal. In lukrativer Lage haben beide bald darauf einen Waschsalon mit chemischer Reinigung aufgemacht. Und am Ende eines jeden Monats zierte das schlichte Urnengrab der Eheleute Jonas ein ansehnliches Blumengebinde, das dem Aussehen nach nicht kurz vor Feierabend gekauft wurde.

Weiterhin sollte nicht verschwiegen werden, dass es in näherer Umgegend des Herrn Jonas Zeitgenossen gab, die sich unumwunden freuten, dass diesem selbst ernannten Halbgott endlich von höherer Stelle das Handwerk gelegt worden war. Andere wiederum sagten abwiegelnd, dass er doch ein gesegnetes Alter erreicht hätte und man ihn in Frieden ruhen lassen sollte.

Anzumerken sei auch, dass für jeden Einzelnen in besagter Häuserzeile ebenfalls eine neue Ära anbrechen würde, denn vor einiger Zeit hatten die Bewohner erfahren, dass die Häuser nicht renoviert, sondern abgerissen werden und an deren Stelle ein riesiges Einkaufszentrum entstehen sollte, weil die jetzige Wohnungsbaugesellschaft wegen Finanzspekulationen pleitegegangen war.

Verlassen wir an dieser Stelle die geschilderten Geschehnisse, die sich so oder ähnlich zugetragen haben könnten. Lassen wir Herrn Jonas dem Wunsche vieler Bürger und insbesondere der neuen Zeit nach in Frieden ruhen! Man sollte im Nachhinein nachsichtig mit ihm sein, weil er seinem Leben auch nicht viel mehr abgewinnen konnte, als die allgemeinen Umstände es zugelassen hatten. Demnach wird es immer wieder und überall einen Herrn Jonas geben, der mit all seinen Macken irgendwo in einem Mansardenstübchen haust. Auch wenn er nicht gleich erkannt wird. Denn wer kann und darf sich schon anmaßen, das wahre Bild eines Menschen in die Öffentlichkeit zu tragen? Erzählt nicht jeder etwas hinzu, so lange, bis sich das

Zerrbild der bedauernswerten Person rundet, bis es in den Rahmen passt, den man in seiner Fantasie extra für ihn angefertigt hat? Gerade diese Mitmenschen, die es dennoch tun, sind es dann, die aus ihrer Voreingenommenheit heraus jegliche Ähnlichkeiten mit den hier geschilderten Ereignissen empört widersprechen, damit kein spekulativer Verdacht auf sie selber fällt. Aber wer weiß schon, was hinter den Fassaden der Häuser und in den Köpfen der Menschen wirklich vorgeht? So bleibt nur zu hoffen, dass trotz der unruhig gewordenen Zeiten, in denen uns die Veränderungen in atemloses Staunen und Bestürzung versetzen, die Zukunft jedem Einzelnen stets eine friedvolle Vergangenheit beschert! Denn eines ist gewiss: dass die modernen Zeiten auch bald wieder unmodern sind!

»Man kann es nicht mehr leugnen, Land auf, Land ab sind unruhige Zeiten angebrochen! Auf wen oder was soll man noch vertrauen? Desgleichen beklemmt mich auf erschreckende Weise der Gedanke, dieser neuen, dem Menschen und seinen natürlichen Bedürfnissen nicht mehr gerecht werdenden Welt eines Tages hilflos gegenüberzustehen, da alle wohlgemeinten Mahnungen in den Wind geschrieben sind!«

Zitat: Friedbert Jonas

Rainer Mauelshagen wurde im März 1949 geboren. Seine Kindheit und Jugendzeit verbrachte er in Wuppertal. 1984 zog er von dort nach Vettelschoß, einer bodenständigen Gemeinde, die im nördlichsten Zipfel von Rheinland-Pfalz liegt. Rainer Mauelshagen ist verheiratet und hat zwei erwachsene Kinder. Nach Ausübung verschiedener Berufe widmet sich der Autor seit einigen Jahren ganz der Literatur, hier vor allem dem kreativen Schreiben. Mit »Herr Jonas erwartet Besuch«, wurde nun sein zweiter Roman veröffentlicht. Am Schicksal des Protagonisten Friedbert Jonas konzentriert der Autor, seiner künstlerischen Motivation entsprechend, allgemeine gesellschaftliche Themen, um sie mit dem Blick eines kritischen Zeitgenossen schonungslos zu entlarven.

Norbert Heinrich Holl studierte in Köln und Paris Jura, wechselte aber nach einer kurzen Zeit als Richter in Köln in den Auswärtigen Dienst. Sein Studium der arabischen Sprache am Middle East Center for Arabic Studies im Libanon schaffte die Voraussetzung für zehn Jahre diplomatische Dienste in verschiedenen islamischen Ländern. 1996 wurde er für ein Jahr zum Leiter einer UN-Sondermission für Afghanistan berufen. Holl verbringt seinen Ruhestand in der Bretagne.

Neben der Diplomatie gehörte seine Leidenschaft schon immer dem Lesen und Schreiben. 2002 berichtete er über seine Afghanistan-Erfahrungen (»Mission Afghanistan«). Es folgten Erzählungen (»Besichtigung eines Wals«) und mehrere Romane (»Von Leuten, die bei Tisch lesen«, »Normans Geheimnis«, »Der Lehrsatz des La Bruyère« und »Bretonische Tage«). Norbert Heinrich Holls neuer Roman »Zumbroths Ausfahrt ins Morgenland« (Arbeitstitel) wird 2016 im Verlag Pax et Bonum erscheinen.

FSC
www.fsc.org

MIX

Papier aus ver-
antwortungsvollen
Quellen
Paper from
responsible sources

FSC® C105338